FVA

Anna Galkina

Das kalte Licht der fernen Sterne

Roman

FRANKFURTER VERLAGSANSTALT

FSC
www.fsc.org
MIX
Papier aus verantwortungsvollen Quellen
FSC® C014496

Lektorat © Frankfurter Verlagsanstalt
Herstellung: Laura J Gerlach
Umschlag, Vor- und Nachsatz: Anna Galkina
Satz: psb, Berlin
Druck und Bindung: GGP Media GmbH, Pößneck
Printed in Germany
ISBN 978-3-627-00224-4

Meiner Mutter

DER ORT MEINER KINDHEIT

Der Ort meiner Kindheit ist ein Städtchen unweit von Moskau. Zwanzig Jahre sind seitdem vergangen. Ich bin wieder hier.
Unser Haus brannte bald nach unserem Wegzug ab. Der alte Lindenbaum im Garten, vermutlich der älteste Baum im Ort, stürzte ein Jahr später um.
Auf dem Grundstück steht ein neues Haus. Die verkohlten Fensterrahmen liegen immer noch daneben. Das Haus ist neu, aber der Zaun ist alt. Damals hat ihn die Großmutter jedes Jahr vor dem proletarischen 1.-Mai-Fest neu lackiert. Jetzt haben Regen und Schnee die Farbe fast vollständig abgewaschen.
Vom Garten aus kann man die Eisenbahnlinie sehen, auf der anderen Seite die alte Brotfabrik. Als Kind saß ich abends oft hinter dem großen Wohnzimmerfenster und schaute dem Sonnenuntergang zu. Das weiße Fabrikgebäude zog für eine kurze Zeit ein neues Farbkleid an. Dann verblassten die Farben allmählich, und die glühende orangerote Kugel verschwand hinter dem Mauerwerk.
Aus dem Fabrikgebäude ist ein prächtiger Kirchenkomplex geworden. Einige Kuppeln sind vergoldet, andere himmelblau und mit Sternen verziert. Das Gold glänzt, die Sterne leuchten, der Schein trügt.
Ich drücke auf den Auslöser.

Im Eingangsbereich gibt es einen Kopftuchservice für Vergessliche. Ich nehme ihn notgedrungen in Anspruch. Die Frau, die Opferkerzen verkauft, mustert meine Kamera. Dann verlangt sie für eine Kerze das Zehnfache vom üblichen Preis.

Unter dem kitschig bemalten Kirchengewölbe beten ein paar alte Frauen. Unter Begleitung des Kirchenchors zünde ich die teure Kerze an. Aber eine erhabene Stimmung stellt sich nicht ein.
Ich blicke nach vorne zum Altar. Zwanzig Jahre sind vergangen. Alles verschwimmt vor meinen Augen. Der Altar verschwindet. Die Frauen verschwinden. Die Wandmalereien verschwinden. Mit einem Mal ist es nicht mehr das Weihraucharoma, das den Raum erfüllt. Es riecht nach Brot, nach Zigarettenrauch, nach Alkohol, nach Schweiß. Es ist heiß, es ist laut. Ich bin wieder hier, das Fließband läuft. Ein Zug, der rattert und rattert und ...

DAS STÄDTCHEN

Wenn man aus dem Zug steigt, verlangsamt sich alles. Es fallen einem zunächst zwei Dinge auf. Das eine ist der Bahnhof. Das alte Gebäude ist ein Zeuge der Zeit, als unser Städtchen vornehmlich andere Leute sah. Vor der Revolution war es ein Erholungsort für Adelige und die Moskauer Boheme. Aber die Zeiten sind vorbei. Mit Anbruch der Sowjet-Ära wurden die Straßen des Städtchens mit überdimensionierten Leninstatuen geschmückt. Allein der Bahnhof wird von zwei solchen Kolossen bewacht. Und es hilft wirklich. Die Elite hält sich möglichst fern von diesem Ort und baut ihre Datschas in einem anderen Dorf im Moskauer Speckgürtel. Die Aura von Lenin, der da aus Stein gemeißelt von oben auf die Stadt herunterschaut, ist überall deutlich zu spüren. Deswegen zieht das Städtchen Proletarier magisch an.

Auf dem Bahnhofsvorplatz tummeln sich zahlreiche Taxifahrer, die auf Kundschaft warten. Unterschiedliche Kunden sind das. Einige fahren nur mit, andere suchen hier etwas ganz anderes. Insbesondere spätabends und nachts, wenn die Geschäfte geschlossen sind. Ein bekannter russischer Kabarettist sagte einmal: »In der Sowjetunion säuft nur die Eule nicht, weil nachts die Läden geschlossen haben.« In unserem Städtchen sind auch Eulen nicht im Nachteil. Wodka, Wein und selbstgebrannten Schnaps gibt es auf dem Bahnhofsvorplatz jederzeit.

Auch die Zigeunerinnen gehören hier zum alltäglichen Erscheinungsbild. Sie verkaufen Zuckerwatte und Lollis. Die Zuckerwatte in chemisch grellen Farben interessiert mich nicht, dafür ist der Lolli – ein Hahn am Stiel – der ewige Traum. Meine Oma erlaubt mir nicht, etwas von Zigeunern zu kaufen. Man sagt, sie waschen sich nicht die Hände und lecken die Lollis ab, damit sie glänzen. An einem Tag gebe ich das Geld trotzdem nicht für das Schulessen aus. Stattdessen kaufe ich mir den langersehnten Hahn. Er ist in Zellophan verpackt. Auf dem Weg nach Hause nehme ich die Folie vorsichtig ab. Der Hahn ist halb durchsichtig. In der Sonne leuchtet er, als wäre er aus Bernstein.

Überall auf dem Bahnhofsvorplatz liegen ausgespuckte Schalen von Sonnenblumenkernen. Geröstete Sonnenblumenkerne sind ein russischer Nationalsnack. Omas verkaufen sie am Bahnhof und auf dem Markt daneben in selbstgedrehten Tüten aus Zeitungspapier. Die Schale wird mit den Vorderzähnen geknackt, der Kern mit der Zungenspitze herausgeholt. Das weitere Vorgehen ist sehr individuell, da scheiden sich die Geister. Manche spucken in die Hand, manche in ein speziell dafür mitgenommenes Tütchen, manche tun nichts davon, weil Sonnenblumenkerne auf der Straße zu knacken eine Unsitte ist. Viele haben grundsätzlich keine Hemmungen. Die meisten. Insbesondere Männer. Sie spucken und schnäuzen im Vorbeigehen direkt auf die Straße. Deswegen sind die Gehwege mit unzähligen Spuck-, Rotz-, und Blutflecken bedeckt, die Geschichten erzählen.

Vom Taxiplatz gelangt man in wenigen Schritten zum Busbahnhof. Diesen ziert ein anderes prominentes Objekt: der alte Wasserturm – ein gigantischer Pumpbrunnen aus rotem Backstein. Die eigentliche Bausubstanz ist zum größten Teil nicht mehr sichtbar. Den Proletariern war die schlichte Schönheit des Pumpbrunnens unzugänglich. Farbenfroher sollte er werden. Das geht doch schnell. Vor allem dann, wenn man nicht sachkundig ist. Da klatscht man kurzerhand etwas Putz auf die roten

Backsteine, wartet ein wenig ab und streicht mit irgendeiner Farbe darüber. Welche Farbe das wird, ist von der jeweiligen Laune der Bahnverwaltung abhängig. Und die ist jedes Jahr anders. Der nie getrocknete, aufgeweichte Putz fällt in großen Brocken ab und die alten Backsteine treten wieder zutage.

An der Ecke neben der Unterführung stehen die Getränkeautomaten. Für maximal drei Kopeken kann man hier seinen Durst löschen. Ein Glas Sprudelwasser kostet eine Kopeke, für drei Kopeken gibt es noch etwas gelben Limonadensirup. Nicht gerade viel. Aber weil der Sirup zuerst kommt, nehme ich schnell das Glas weg, warte, bis das Wasser in der Abflussöffnung des Automaten verschwindet, und werfe noch drei Kopeken ein. Dank diesem Trick bekommt man ein Glas Limonade mit Doppelsirup. Die Gläser sind öffentlich, das stört aber niemanden. Schließlich ist ein kleiner Wasserbrunnen in den Automaten eingebaut. Man stellt das Glas darauf, drückt mit der Glaskante nach unten, und schon spritzt ein dünner Wasserstrahl in das trübe Gefäß.

An heißen Tagen sind auf dem Bahnhofsvorplatz und überall in den Straßen gelb angestrichene Tankwagen zu sehen. Das ist Kwas – das beliebteste Erfrischungsgetränk unseres Volkes. Bierähnlich ist sowohl sein Aussehen als auch der Geschmack. Wenn man Kwas aus dem Tank zapft, bildet sich eine prächtige Blume und der Schaum läuft über den Rand des riesigen Glaskrugs.

Eine Seitenstraße neben dem Busbahnhof führt direkt zum Markt. Die alte Markthalle hat nur eine Etage, aber unendlich hohe Decken. Durch die kleinen Fenster dringt schummriges Licht hinein. Die Luft ist feucht und modrig. Die Gerüche, die Stimmen, die Geräusche strömen von allen Seiten zusammen und verschmelzen miteinander. Überall werden verschiedenste Leckereien dargeboten: Salzgurken und Tomaten mit Knoblauch und Dill, knuspriges Sauerkraut mit Äpfeln und Möhren direkt aus dem Holzfass, betörend riechender Bienenhonig in allen möglichen Sorten, marinierter Bärlauch, Stockfisch, der obligatorisch zum Bier gegessen wird, und sogar richtig gutes Fleisch, das wir uns nicht leisten können. Um die Fleischreihen mache ich einen großen Bogen.

Auch die Milchprodukte, die vollbusige, rotbäckige Matronen in weißen Kitteln verkaufen, sind unerschwinglich und erzeugen reichlich Speichelfluss. Es fällt mir schwer, mich von der fetten Landmilch, dem cremigen Schmand, der Butter und dem selbstgemachten zarten Quark loszureißen und weiterzugehen.

Draußen erfreut sich das Auge an der Blumenpracht, die liebevoll von älteren Frauen im eigenen Garten gezüchtet wurde. Auf die Blumenhändler folgen Kartoffelverkäufer, aber auch hier mangelt es nicht an Farben. Die Kartoffeln sind je nach Sorte rosa, gelb, weiß, purpur oder blau. Auch sie werden meist von älteren Frauen angeboten. Es hat etwas Magisches, zu beobachten, wie sie die Kartoffeln bedächtig abwiegen und mit ihren faltigen, staubigen Fingern die überschüssigen rosafarbenen Kartoffeln in den Sack zurückwerfen.

Je nach Jahreszeit sind die weiteren Marktreihen mit kleinen warzigen Gurken, weißen bauchigen Zucchini, glänzenden Auberginen, Bundmöhren, gigantischen Kürbissen, Zwiebeln, jungem Knoblauch, herrlich duftenden Gartenkräutern, allerlei bunten Beeren und Pilzen frisch aus dem Wald bestückt. Und dann noch die zwei beliebtesten Gemüsearten: die kernigen Kohlköpfe und Rote Bete. Kohlsuppe und Borschtsch isst man in Russland gern.

Die Verkäufer aus Asien haben Tomaten und exotische

Früchte dabei: Aprikosen, Pfirsiche, Melonen, süße Kirschen, Kakis ... Auch die viel zu teuer für unsere Familie, aber ich schaue sie mir gerne an. Am Ende des Marktes erwarten einen geröstete Kürbis- und Sonnenblumenkerne. Als Verkaufseinheit gilt ein Glas. Daneben Tiere – junge Welpen und Kätzchen, die in den Reisetaschen jaulen, Ziervögel und bei Wärme auch Aquarienfische.

Nach wenigen Gehminuten erreicht man einen weiteren vielbesuchten Ort des Städtchens: den Zentralpark. Dort findet man auch den dritten Zeugen der goldenen Zeit: das Sommertheater. Ein Denkmal der Schnitzkunst, ein Holzpalast, in dem seinerzeit selbst der berühmte Fjodor Schaljapin sang. Jetzt ist es ein Kino, in dem sowjetische Filme auf die Leinwand projiziert werden.
Schlendert man durch die grünen Alleen, kann man weitere Attraktionen und Fahrgeschäfte entdecken. Deswegen ist der Park während der warmen Jahreszeit von Familien mit Kindern überfüllt. Auch Erwachsene fahren gerne mit. Das Karussell dreht sich immer schneller, der Sommerwind wirbelt einen über die Bäume und Sträucher, höher und höher, und es scheint, als würde man gleich abheben und fliegen.

Frei wie ein Vogel.

DAS HAUS UND DER GARTEN

Unser Haus ist zehn Minuten Fußmarsch von dem Bahnhof und den letzten Häusern des Städtchens entfernt. Danach kommen nur noch der Fluss, der See, die Felder und die Bahngleise. Das Haus ist von einem Garten umgeben, der an die Nachbargärten grenzt.

Der Vorgarten ist ein Wald. Das Grundstück hinter dem Haus haben die Vorbesitzer mit Obstbäumen bepflanzt. Dort wächst auch allerlei Gemüse, das Großmutter und ich jedes Jahr zusammen anbauen. An seinem Ende, wo Brennnesseln und Himbeersträucher dicht an dicht wachsen, steht auch das Klohäuschen. Daneben die Überreste einer alten, verbrannten Scheune. Zwischen der Scheune und dem Gartenzaun versteckt sich eine Müllhalde, die wir nicht benutzen. Der Müllberg ist sehr hoch. Wenn man sich daraufstellt, kann man auf das Dach der Nachbarscheune steigen. Der alte Müllhaufen ist eine wahre Fundgrube für jene, die sich für das Leben der Ahnen interessieren. Und das tue ich. Ich bin die Einzige in unserer Familie, die das tut. Ich wühle heimlich in dem Müll herum und werde belohnt. Ein antiker Oklad aus Silber, ein uralter Kerzenständer und viele andere Grüße aus der Vergangenheit kommen zum Vorschein.

Das Haus ist aus Holz, sein Fundament aus Stein und Lehm. Ins Fundament sind Lüftungsöffnungen eingelassen, die im Sommer offenstehen. Darin ist es so dunkel, dass man nichts erkennen kann, egal wie lange man reinschaut. Umrisse und Klänge verlieren sich in dem schwarzen Loch. Das Fundament ist bei Schnaken beliebt. Ab und zu reiße ich einer Schnake ein Bein aus und beobachte dann, wie sie hinkt.

Fünf Stufen führen hoch ins Haus, von dort gelangt man in den kleinen Flur und von da aus in die Küche. Darin stehen ein Herd, ein Gasofen, der das gesamte Haus beheizt, und ein Lebensmittelschrank mit einem ausklappbaren Schneidebrett. An der Wand neben dem Herd hängt ein alter Wasserspender. Darunter befindet sich ein Eimer, um das Wasser aufzufangen, und weitere Eimer mit Wasservorräten. Unsere Schuhe stellen wir vor den Gasofen. Auf den Schuhen schlafen die Katzen.

Das kleine Zimmer, in das man über die Küche gelangt, gehört mir. In der langen Zeit vor meiner Geburt wurde dieses Zimmer an wildfremde Leute vermietet. Und es waren nicht wenige. Die Wände, die die Räume voneinander trennen, sind aus dünnen Holzbrettern gezimmert. Deswegen kann man alle Aktivitäten der Mitbewohner hören und sogar durch die Spalten zwischen den Brettern beobachten.

Außer im Spielzimmer gibt es in unserem Haus keine Tapeten. Große dunkle Baumstämme bilden die Außenwände, die Fugen sind mit Hanfwerg abgedichtet. Das Werg ist ein Wundermittel gegen die Langeweile, die einen überkommt, wenn man krank im Bett liegt. Dann kann man ganze Hanffasern herauszupfen, daraus Zöpfe flechten und anschließend das Entsetzen der Großmutter genießen, die wutentbrannt und mit einem Schraubenzieher bewaffnet, versucht, die Hanffasern wieder in die Fugen hineinzuzwängen.

Unser Haus gleicht einer Galerie. Ölgemälde, Familienfotos, Konzertposter, Hirschgeweihe, eine Kuckucksuhr und allerlei Volkskunst wie bemalte Holzlöffel, Tabletts, Zierteller sowie meine eigenen Bilder schmücken die Wände. Und Bücher, so weit das Auge reicht. Seit ihrem dreizehnten Lebensjahr ist die Bibliothek Mutters Leidenschaft. Wunderschön illustrierte Märchen in Sammlereditionen, unzählige Lyrikbände, moderne und klassische ausländische Literatur, russische Klassiker, Sagen und Mythen. Unsere Gäste stürzen sich immer gleich auf die Bücherschränke, reiben sich die Hände und blättern gierig in den Bänden.

Nur mit frischgewaschenen Händen darf ich mich den Bücherschränken nähern. Es gibt dort auch Türen, die verschlossen sind und die ich nicht öffnen darf.

Dank der sechs riesigen Fenster fühlt man sich in unserem Wohnzimmer wie in einem Aquarium. Eine Ecke dieses Zimmers ist heilig. Dort steht ein Altar, den meine Mutter für ihre Idole eingerichtet hat. Mit gemalten Porträts ihrer Lieblingspoeten. Die Poetenmesse findet gewöhnlich spätabends statt. Dann zündet meine Mutter eine Kerze an und stellt sie unter die Porträts auf den kleinen antiken Holztisch mit der Marmorplatte. Danach liest sie lange Gedichte vor. Zwetajewa, Achmatowa, Mandelstam, Rilke ...

Ihre Stimme wird fremd, und das Kerzenlicht spiegelt sich in ihren großen Augen, bringt sie zum Leuchten. Es scheint, als würden Mutter Flügel wachsen, und ich habe oft Angst, dass sie wegfliegt, weg von diesem alten unheimlichen Haus, weg von Großmutter, weg von mir ...

STUMME ZEUGEN DER VERGANGENHEIT

Unser Haus ist voller Geheimnisse. Sie sind wie abgebrochene Sätze, unvollendete Geschichten, wie Punkte oder Gedankenstriche, wie Fragezeichen, wie ein leiser Widerhall längst vergangener Zeiten, wie stumme Zeugen des Lebens vor meiner Geburt.

Eine Tür im Wohnzimmer, die sich nie öffnen lässt, entpuppt sich als der Eingang zum Wintergarten, der nie gebaut wurde. Vor dem Haus liegen mehrere alte Backsteine, der Baustoff, aus dem Träume sind, Träume vom Wintergarten, die mein Opa hegte.

Er ist zu früh gestorben. Ich habe ihn nicht kennengelernt. Aber man kann aus den Backsteinen kleine Häuser, Brunnen und Öfen bauen, in denen ich heimlich Feuer zünde.

Im Esszimmer neben dem Buffetschrank ist eine Bodendiele ganz anders als die Dielen daneben. Wenn man genau hinschaut, entdeckt man unter mehreren Schichten Holzlack zwei Scharniere und einen Griff. Es ist der Eingang in den Keller. Die Pforte zur Unterwelt. Ich träume davon, den Buffetschrank heimlich zu verschieben und den Keller ausgiebig mit einer Taschenlampe zu erkunden. Früher hat man dort Essensvorräte aufbewahrt, Kartoffeln in Säcken, Möhren, Rote Bete, Holzfässer mit Sauerkraut und allerlei Eingemachtes. Früher, als meine Uroma noch lebte, die ich auch nicht kennengelernt habe.

In der großen alten Regentonne, ursprünglich eine Gartendusche, steht seit Ewigkeiten abgestandenes Wasser. Das Wasser ist dunkelgrün und lebendig. Da wohnen kleine agile Wesen, künftige Mücken, die im Sommer

und im Frühherbst gnadenlos stechen. Neben der Treppe unten am Haus war früher ein Hühnerstall. Nun ist er ein Lager für Gartenwerkzeuge, alte Lappen und sonstigen verstaubten Kram.
In meinem Zimmer gibt es drei Fenster. Zwei lassen Tageslicht durch, das dritte ist ein Fenster ins Nichts. Auf seiner anderen Seite befindet sich seit Jahren ein Anbau unserer Nachbarn, die ihre Haushälfte eigenmächtig erweitert haben.
Ein uralter Holzbrunnen im Garten wird von Himbeersträuchern, hohem Gras und wilden Blumen umwuchert. Irgendwann hat man Wasser aus dem Brunnen gepumpt, irgendwann in den unbekannten Zeiten. Der Brunnen ist sehr tief. Die Holzplanken sind grün von der Feuchtigkeit und mit Moos bewachsen. Ganz unten, meterweit entfernt, glänzt der dunkle Spiegel des Wassers.
Über eine Ecke des Brunnens spannt sich ein Spinnennetz. Manchmal schmücken Regentropfen oder Tau das filigrane Netz, und die Sonnenfunken glitzern auf den unzähligen kleinen Wasserperlen.
Unser Haus hat zwei Etagen. Die obere Etage ist eine Mansarde. Meine Familie nennt sie den Speicher. Der Speicher hat zwei große Balkone und mehrere kleine Zwischenräume, die man als ausgefallene Verstecke, Kammer des Schreckens oder Abstellräume benutzen kann. Bevor ich auf die Welt kam, diente der Speicher im Sommer als Gästezimmer. Jetzt ist alles mit Staub bedeckt.
Der Speicher ist wie eine riesige Schatztruhe. Stundenlang kann ich ihn durchsuchen, mich durch seine engen Gänge zwängen, kriechen und klettern. Und nicht selten entdecke ich alte Schätze im Staub. Ein Album mit seltsamen Fotos von meinem Onkel, Schulzeugnisse, ein wunderlicher Aschenbecher mit Teufelskopf, antike Bilderrahmen, vergilbte Marken und längst vergessene Liebesbriefe.

Die Balkone sind meine Sommerresidenz, das Geländer ist meine Rutsche, das Dach mein Platz zum Sonnenbaden und noch viel mehr. Auf dem Dach macht man Hausaufgaben, auf dem Dach unterhält man sich ungestört mit Freunden, aufs Dach flüchtet man nach einem Familienstreit. Das Dach ist mein Geheimquartier und mein Zufluchtsort, mein zweites Zuhause unter freiem Himmel, das sich in manchen sternenreichen Sommernächten in ein Observatorium verwandelt.
Auf dem Dach thront ein Schornstein und im Schlafzimmer steht ein großer weißer Kaminofen. Aber das Feuer im alten Ofen brennt nicht mehr. Deswegen schlängelt sich auch kein Rauch aus dem Schornstein.

DER LOKFÜHRER UND SEIN SOHN

Im Nachbarhaus wohnt die Familie des Lokführers. Der Lokführer ist ein unscheinbarer kleiner Mann Mitte dreißig. Er ist immer freundlich, er redet leise und lächelt verlegen. Der Lokführer kann einem nicht in die Augen schauen, er blinzelt dann, als wäre er vom Sonnenlicht geblendet.
Onkel Sascha nennt den Lokführer »Weichei«, andere Nachbarn nennen ihn »Verrückter«. Die Weichheit des Lokführers wird durch eine starke Ehefrau ausgeglichen. Sein Sohn ist klein und zierlich. Er lächelt nie und redet selten. Nur einmal höre ich ihn weinen. Ein einziges Mal. Da ist er ungefähr acht Jahre alt.

Es ist im Sommer, als die Hündin des Lokführers wirft. Eines Nachts bringt sie unbemerkt ihre Welpen zur Welt. Sechs braune und einen roten mit einem weißen Fleck auf der Brust. Man entdeckt sie erst am nächsten Morgen. Lange sitzt der Sohn des Lokführers vor der alten Hundehütte und beobachtet, wie die Winzlinge, blind und hilflos, jämmerlich piepsen, mit ihren kleinen Schnauzen in das Bauchfell der Mutter stoßen und sich gierig an einer Zitze festsaugen. Die Hütte ist so klein, dass die Hündin mit den Welpen das ganze Häuschen ausfüllt. Müde von den Strapazen der Nacht liegt sie auf dem von der Sonne erwärmten Holzboden und wartet geduldig, bis die kleinen Wollknäuel endlich satt einschlafen. Erst dann steht sie vorsichtig auf und trinkt gierig Wasser aus dem schmutzigen Blechnapf.
Der Junge streckt seinen Kopf in das Häuschen und streichelt mit den Fingerspitzen die schlafenden Welpen. Fast

den ganzen Tag verbringt er im Garten vor der Hundehütte, bis es dunkel wird und sein Vater ihn ins Haus ruft.
Am nächsten Tag werden die Schulzeugnisse verteilt, die Ferien fangen an. Auf dem Weg nach Hause albert der Junge herum. Er hüpft, er springt, er singt. In einem Nachbarhof tobt vor Wut ein Schäferhund, stellt die Vorderpfoten auf den Zaun und bellt bis zur Heiserkeit. Der Junge lacht, pfeift dem Hund zu und läuft weiter. Die Sonne scheint.
Er öffnet das Gartentürchen. Aber keiner begrüßt ihn. Die Hundehütte ist leer. In der Ferne, am anderen Ende des Gartens neben dem sauber gestapelten Brennholz, sieht der Junge seine Mutter. Sie wirkt beschäftigt. Neben ihr steht ein großer Eimer. Sie wäscht irgendetwas.
Der Junge rennt zu ihr.
»Mama, die Welpen sind weg!«, ruft er.
»Noch nicht, aber gleich«, antwortet die Mutter.
»Ich verstehe nicht, Mama. Wo sind sie denn?«
Dann hört er das leise Winseln. Auf der Erde in ein Tuch gewickelt liegen die Welpen. Die Mutter bindet das Tuch zusammen. Dann hebt sie das jaulende Bündel hoch. Plötzlich dämmert es dem Jungen.
»Nein! Tu das nicht, Mama, bitte! Nein! Bitte nicht!«
»Halt die Klappe! Du entscheidest hier nicht!« Sie taucht das Tuch in das eiskalte Wasser.
Dann setzt sie einen Deckel auf den Eimer und beschwert ihn mit einem Backstein.
»Neeeeein!«, schreit der Junge, und die gesamte Nachbarschaft hört seinen Schrei.
Als die Sonne untergeht, vergräbt der Lokführer die Welpen im Garten. Die Hündin sucht ihre Kleinen überall. Irgendwann wird sie fündig, gräbt das Tuch mit den toten Welpen aus und trägt es ziellos im Garten umher.

UNSERE STRASSE

Alle Häuser in unserer Straße sind aus Holz, die einzige Ausnahme ist das weiße Steinhaus des Pfarrers. Der Asphalt ist beschädigt. Überall Risse und Brüche. Am Pumpbrunnen an der Ecke bildet sich regelmäßig eine riesige tiefe Pfütze, die sich im Winter in Glatteis verwandelt. Im Sommer wird sie mit alten Brettern überbrückt, im Winter großzügig mit Salz bestreut.

Schiefe Holzzäune trennen die Höfe von der Straße. Gegenüber unserem Gartentürchen steht ein Stromkasten, der ab und zu repariert werden muss. Manche Monteure lassen sich den Spaß nicht nehmen und schnitzen genüsslich das eine oder andere Schimpfwort in unseren Zaun. So verewigen sie sich.

Wenn man dem Straßenverlauf an dem Pumpbrunnen vorbei und über die Querstraße Richtung Bahnhof folgt, kann man sich auch ausschließlich mit seinem Geruchssinn orientieren. Hier strotzt es nur so vor verschiedenen Aromen.

Der erste Anhaltspunkt liegt hinter den zahlreichen Bäumen und Sträuchern verborgen, aber an heißen Sommertagen kann man ihn kaum verpassen. Die alte Müllhalde riecht nach verfaultem Obst, verbranntem Plastik, benutzten Kondomen, Schnaps und dunklen Geheimnissen. Einsame Säufer finden hier einen Rast- und Trinkplatz und freizügige Liebespärchen ein Versteck für ungestörten Sex.

Der Geruch des ersten Gartens nach der Müllhalde lässt Äpfel, Birnen, Pflaumen, Kirschen, Blumen und Kräuter erahnen. Der Hof daneben verströmt einen scharfen Schnapsgeruch. Im nachfolgenden Haus, wo unsere

Freunde wohnen, riecht es nach alten Büchern, Honigkuchen und einem Kettenhund. Das nächste Gebäude duftet nach frischgebackenen Teilchen, nach Zimt, Nelken und Safran, nach Marzipan, Rum, Schokolade, nach Marmelade und nach Kindheit. Das ist die Konditorei. Die folgenden zwei heruntergekommenen Häuser riechen nach morschem Holz, nach Schimmel, nach Moos, nach alten Teppichen, nach Ruß und zerbrochenen Träumen. Aber ehe man eine zarte Melancholie verspüren kann, schlägt einem ein derart starker Geruch entgegen, dass man sich festhalten muss. Es vermischen sich Wodka und Wein, Bier und Schnaps, Tabak, Urin, Schlamm, primitive Lust, einfache Freuden, unterdrückte Tränen und verdrängter Schmerz.

Das ist die Kneipe *Drei Ferkel*, ein Dampfschiff, das in einem tiefen Meer aus Alkohol zu versinken droht. Als Passant musst du auf dem schmalen Gehweg sehr vorsichtig sein. Es kann passieren, dass einer der Betrunkenen, die vor der Kneipe stehen, auf dich fällt.

Danach kann dich nichts mehr erschüttern. Du nimmst das kleine Holzhäuschen an der letzten Ecke unserer Straße gelassen wahr. Das ist der Gemüseladen. Die Aromen von verfaulten Kohlköpfen, keimenden Kartoffeln und verschimmelten Möhren, verwelkten Gartenkräutern, nasser Erde, altem Leinen, Hunger und Armut schweben in der Luft und verfolgen dich in deinen Träumen.

Dein Leben lang.

WINTER

Winter ist das Weiß, Winter ist die Ruhe und die leeren Straßen. Winter ist der in der Sonne glänzende Schnee, Myriaden von winzigen funkelnden Kristallen. Winter sind Schneeflocken, die vom Wind getrieben wie weiße zarte Blüten durch die frostige Luft fliegen. Winter ist das von der Kälte taube Gesicht, eingefrorene Zehen, rote Hände und steife Finger.

Winter ist Schwarzweiß: Rabenschwarz und Schneeweiß. Winter sind Spuren, Fäkalien, Blut und Urin auf dem weißen Schnee. Winter sind verschwundene Wege, die nach starken Schneefällen freigeschaufelt werden müssen. Winter ist der hohe schwarze Himmel und das kalte Licht der fernen Sterne. Winter ist der Klang des Schnees unter den Füßen und die klare, klirrende Luft des Waldes.

Winter ist Ski- und Schlittschuhlaufen. Winter ist der Schlitten. Mit dem Schlitten fährt man den Berg hinunter, mit dem Schlitten fährt man die Wassereimer nach Hause, mit dem Schlitten geht man einkaufen.

Nasse Wäsche verwandelt sich an der Leine in bizarre Eisskulpturen.

Im Winter ist es kalt in unserem Haus. Es ist so kalt, dass wir auch nachts angezogen bleiben. Unter dem dunklen Loch des Plumpsklos wächst langsam, aber sicher ein riesiger eisiger Scheißturm. Wird er zu hoch, muss ihn die Großmutter mit einem Spaten zerbrechen.

FRÜHLING

Frühling ist Musik. Zunächst geräuschlos, aber doch deutlich spürbar. Die Musik des Frühlings wird im Herzen geboren. Der Wind trägt sie fort, spielt auf dem Eiszapfenxylophon, rauscht in den Baumkronen. Es folgen das Staccato der Tropfen, das Knistern des Eises und schließlich ein mehrstimmiger Chor: das Summen, das Singen, das Gezwitscher, leises Knallen der Knospen und fröhliches Plätschern der Bäche und Flüsse.
Der Schnee taut und offenbart schwarze Erde, gelbes Gras, graues Laub vom Vorjahr, Fäkalien und Müll. Das Tauwasser ist überall, in den Pfützen spiegelt sich der Himmel.
Der Frühling ist himmelblau, rapsgelb und maigrün. Der Frühling ist das Schwarz des in der Sonne schmelzenden Schnees, Kirschblütenweiß und Tulpenrot. Der Frühling duftet nach Maiglöckchen, nach Moos, nach modrigem Holz, nach Tau und feuchter Erde, nach Flieder und Jasmin, nach Mimose, nach Geheimnissen, nach Sehnsucht.
Der Frühling ist der Birkensaft. Tausende Liter Birkensaft. Bewaffnet mit Blechkannen oder Kanistern, Nägeln oder Bohrern, Hämmern, Strohhalmen oder Schläuchen und sonstigem Werkzeug geht man in den Wald. Man sucht sich eine Birke aus. Man bohrt ein Loch, steckt den Strohhalm hinein, stellt den Eimer darunter und wartet, bis die farblose, leicht süßliche und klebrige Flüssigkeit den Eimer füllt. Und das dauert. Da bohrt man lieber von vornherein ein großes, breites Loch, damit der Saft schön schnell herausfließt. Die Birke geht dann kurz danach ein, aber das ist einem sowieso egal. Birken gibt es viele in Russland.

Den Saft trinkt man selbst, den Saft verkauft man auf dem Markt. Die Industrie schläft ebenfalls nicht. Deswegen kann man den Saft auch in Lebensmittelläden kaufen. In riesige Gläser abgefüllt, gereinigt und gesüßt.
Der Frühling ist gelb wie Lindenblüten, die man überall auf den Straßen des Städtchens, am Waldrand, in den Parks und eigenen Gärten pflückt. Zu Hause trocknet man sie im Backofen, füllt sie in Behälter um. Der nächste Winter wird schon kommen. Dann trinkt man Lindenblütentee, und die Erkältung ist wie weggeblasen.
Der Frühling ist rot wie unsere Fahne. Frühling sind die 1.-Mai-Parade, Kolonnen der Kommunisten, Blumen aus Krepp, patriotische Lieder und Kreml-Greise.
Der Frühling ist grün wie unser Zaun. Kurz bevor die Parade mit lautem Grollen wie eine gewaltige Welle die Straßen des Städtchens überschwemmt, muss man für Ordnung sorgen. Die Zäune werden neu gestrichen. Die Straße wird gefegt.
Alles ist von Sonnenlicht erfüllt.

SOMMER

Sommer ist der Geruch von frischgemähtem Gras, der vor Hitze glühende Asphalt und der Staub der Autostraße. Sommer ist der Wind in dichten Baumkronen, Gemüsebeete und Unkrautwald. Sommer sind die lauen tiefschwarzen Nächte, singende Katzen und summende Mücken. Sommer ist das Leuchtblau des Vergissmeinnichts und das Zartrosa der Ackerwinde. Es sind Sonnenbäder auf dem Dach und heimliche Spaziergänge durch geheimnisvolle Nachtlandschaften. Sommer ist das Echo und der dunkle Spiegel des stillen Wassers tief unten im verlassenen Hofbrunnen, das Dickicht der Himbeersträucher, ein Meer von Löwenzahn und Aufstand der Farben. Sommer ist der Morgentau und die rotgelben Äpfel, die sich morgens im hohen Gras verstecken.

Im Sommer wächst der Weg zum Plumpsklo mit allerlei Unkraut und Brennnesseln zu. Das Klohäuschen lebt. Die Scheiße schmilzt. Große Fliegen mit grünen Kulleraugen brummen unermüdlich um das Kackloch herum. Zum beißenden Gestank gesellt sich der Geruch nach modrigem, faulem Holz.

Einmal verschwand der schwarze Strohhut meiner Großtante in der Kacköffnung. Das ging so vor sich: Nach dem Mittagessen saßen meine Mutter, meine Großmutter, meine Großtante und deren Mann auf der Bank unter der alten Linde. Da machte die Großmutter eine ungeschickte Bemerkung über das hohe Alter des Strohhuts. Der Mann der Großtante, der die übertriebene Sparsamkeit seiner Frau ohnehin nicht leiden konnte, war peinlich berührt. Wortlos riss er seiner Frau den Hut vom Kopf und steuerte damit entschlossen auf das Plumpsklo zu.

Sommer sind Tänze im Regen und das leise Flüstern der Regentropfen. Oft regnet es auch in meinem Zimmer und in der Küche. Auf dem Weg durch das Dach nimmt das Regenwasser sämtliche Farben mit und wird graugelb. Auch die Decke und die Tapete werden gelb. Überall auf dem Boden stehen Schüsseln, um das Wasser aufzufangen.

Manchmal weckt mich meine Mutter mitten in der Nacht. Ich soll mich anziehen. Großmutter sucht hastig nach den Pässen, Geburtsurkunden und sonstigen Dokumenten, die im Garderobenschrank unter der Wäsche versteckt sind. Nach einigen aufregenden Minuten ist alles gefunden. Dann setzen wir uns an den Tisch im Wohnzimmer und warten schweigend. Blitze erhellen das Zimmer, und es donnert kräftig. Jedes Mal wenn nachts draußen ein Gewitter tobt, wird dasselbe Ritual vollzogen.

Sommernächte sind Gesänge der Besoffenen. Ich kichere, finde die Lieder aber irgendwie traurig. Sie stören meinen Schlaf und bringen Unruhe mit sich. Es fühlt sich an, als wäre ich nirgendwo sicher.

Sommernächte sind manchmal feuerrot. Der schwarze Himmel ist dann von einem roten Schleier und Rauchwolken überzogen. Am nächsten Tag stößt man irgendwo im Städtchen auf ein verkohltes Etwas, das früher ein Haus war. Hoffentlich haben die Bewohner ihre Pässe und Geburtsurkunden in Sicherheit gebracht.

HERBST

Der erste September ist in der Regel der erste Schultag nach den Sommerferien. September ist die festliche Schuluniform und Blumensträuße, weiße Schleifen in den Zöpfen, weiße Schürzen und weiße Hemden. September ist die freudige Aufregung der Erstklässler und das große Fest auf dem Schulhof.
Morgens ist der Garten vom Nebel umhüllt. Alles ist still, und man hört, wie die reifen Äpfel mit einem dumpfen Geräusch auf die Erde fallen.
So beginnt der Herbst.

Herbst ist das Rascheln des Laubs unter den Füßen und der Rauch der vielen Feuerstätten. Es ist der Dreck und der Schlamm. Es sind die riesigen Pfützen aus Regenwasser, die nie austrocknen. Wobei die eine neben der Kneipe *Drei Ferkel* eher an einen Sumpf erinnert. Manche Betrunkenen rutschen aus, plumpsen in das trübe Wasser, stehend ächzend auf, fluchen und schmeißen wütend leere Bierflaschen vor die Kneipentür. Vor dem Pumpbrunnen bildet sich dagegen ein ganzer Fluss. Aus einigen Brettern improvisieren dann die Großmutter und die Nachbarn eine Brücke.
Beim Dauerregen erscheinen große Blasen auf den Pfützen. Sie schwimmen vorbei wie seltsame gläserne Schiffe, bis ein schwerer Regentropfen sie zum Platzen bringt. Ich kann sie stundenlang beobachten und dem Regen lauschen. Wenn es aufhört zu regnen, ziehe ich meine Gummistiefel an, falte schnell ein paar Dampfer aus Papier und schicke sie auf große Reise.
Den Autofahrern machen die großen Pfützen nichts aus.

Sie fahren deswegen nicht langsamer. Auch dann nicht, wenn sie an Passanten vorbeiziehen. Stattdessen wird man großzügig mit schmutzigem Wasser und Dreck bespritzt. Dann flucht man wie ein Betrunkener und spuckt dem Auto hinterher, das längst samt gackerndem Fahrer hinter der Kurve verschwunden ist.

Herbst ist die Ernte. In dem kleinen Gemüseladen ist der Linoleumboden vor lauter Schlamm und Dreck nicht mehr sichtbar. Die Kartoffeln sind nass und mit dicken Erdklumpen bedeckt. Sie keimen und riechen nach Schimmel. Die lange Schürze der Gemüseverkäuferin, die den ganzen Tag die schmutzigen Kartoffeln durch eine spezielle Öffnung in der Ladentheke in die Karren und Beutel der Käufer verfrachtet, ist genauso dreckig. Die Hände verstecken sich in Handschuhen. Aber nicht ganz. Durch die Löcher ragen die Fingernägel der Verkäuferin. Sie sind schwarz wie die Erde.

Der Herbst ist voller Pilze. Wichtig ist, in aller Frühe in den Wald zu gehen, damit dir andere Pilzjäger die Beute nicht vor der Nase wegschnappen. In unserem Garten wachsen sie auch, die meisten sind jedoch ungenießbar. Ganz unten am Stamm der alten Linde gedeihen unbekannte gelbbraune, schuppige Pilze dicht nebeneinander. Ich schlage sie regelmäßig mit den Spitzen meiner Stiefel ab. Die Pilze sind sehr fest und knacken hörbar, wenn man sie zertritt. So mache ich das jedes Jahr, bis eines Tages unser Postbote jene Pilze zu Gesicht bekommt.

»Schmecken die?«, fragt er meine Großmutter.

»Soll das ein Scherz sein?«, fragt die Großmutter zurück und hält den Postboten insgeheim für einen Wahnsinnigen, »die sind doch giftig!«

»Darf ich sie haben?«, fragt der Postbote.

Die Großmutter ist entsetzt und ernsthaft davon überzeugt, dass der Postbote sich das Leben nehmen möchte.

»Wir werden sehen«, meint der Postbote experimentierfreudig. »Wenn ich morgen wieder hier bin, dürften sie essbar sein«.
Am nächsten Tag ist er wieder da, strahlt über das ganze Gesicht und sammelt zufrieden die restlichen Pilze auf. In der Bibliothek finde ich ein neues Buch über Pilzkunde und in dem Buch ein Foto von unseren Giftzwergen, die sich als Gourmetpilze entpuppen.

Nach und nach verlieren die Bäume ihre Blätter und geben die Sicht auf die Nachbargärten frei. Dann fällt der Schnee und bedeckt die kahlen Zweige sorgsam mit weißem Flaum. Alles wird weiß, und nur die Vogelbeeren leuchten feuerrot unter dem ersten Schnee.

DIE HYGIENE

In unserem Haus gibt es kein Badezimmer. Es gibt nicht einmal fließendes Wasser. Man muss das Wasser aus dem Pumpbrunnen holen. Dazu stellt man die Eimer auf eine alte Karre mit verrosteten Rädern und fährt damit über den holprigen Weg zum Brunnen am Ende der Straße. Es klappert auf dem Hinweg, es tropft auf dem Rückweg. Wenn die Eimer mit Wasser gefüllt sind, fährt man besonders langsam und vorsichtig, damit nicht die Hälfte des kostbaren Guts auf der Straße landet. Es kann vorkommen, dass das Wasser genauso rostig ist wie die Räder der Karre.

Im Winter friert der Pumpbrunnen manchmal ein. Dann muss man einen Kilometer weiter zu einem anderen Brunnen gehen. Ist auch dieser eingefroren, nimmt man getauten Schnee als Wasserersatz. Die Eimer mit Wasser stehen, je nach Jahreszeit, entweder im Flur bei der Eingangstür oder in der Küche. Der Stand der Wasservorräte muss täglich kontrolliert werden.

Ein alter Wasserspender aus Gusseisen in der Küche wird regelmäßig mit Brunnenwasser gefüllt. So kann man sich wenigstens jeden Tag die Hände und das Gesicht waschen und die Zähne putzen.

Für die Intimwäsche hockt man sich mit gespreizten Beinen über eine Schüssel und hält eine Teekanne in der rechten, eine Seife in der linken Hand. Mit dem gebrauchten Wasser wäscht man sich anschließend die Füße.

Eine Dusche ist eine sehr aufwendige Angelegenheit und findet selten statt. Dafür muss man Wasser aus dem Brunnen anschleppen und dieses in einem Kessel auf dem Herd erhitzen und mit kaltem Wasser temperieren.

Großmutter übernimmt die Funktion der Dusche, indem sie das warme Wasser aus der alten Teekanne gießt, während meine Mutter oder ich in einem Metalltrog stehen und uns waschen. Im Winter, wenn Badezeit ist, hängt Großmutter eine Decke über die Eingangstür. Dann macht sie den Herd an, und es wird warm in der Küche. Das seifige Badewasser wird später zum Putzen verwendet.

Nur wenn ich zu Besuch bei meiner Großtante in Moskau bin, darf ich in einer echten großen Badewanne schwimmen.

Zum Verrichten der Notdurft muss man bis ans hintere Ende unseres Gartens. Dort versteckt sich hinter den Büschen ein aus alten Brettern und Pappelholz gebasteltes Häuschen. Es ist das Plumpsklo, das vorgibt, mehr zu sein, denn eine Klobrille schmückt das unansehnliche Loch. Ein selbstgenähter Stoffbeutel, der als Klopapierbehälter dient, soll für eine angenehme Atmosphäre sorgen. Echtes Toilettenpapier ist Mangelware in unserem Land, deswegen müssen sich die meisten Bürger mit dem Zeitungspapier begnügen. Doch bevor die alten Zeitungen in den Stoffbeutel kommen, nimmt Großmutter sie unter die Lupe. Findet sich zufällig das Foto eines wichtigen Politbüromitglieds darunter, reißt sie es heraus. Unvorstellbar, was passieren könnte, wenn einer der führenden Kommunisten im Plumpsklo landet. Für ein Verbrechen dieser Art drohen mehrere Jahre Gefängnis.

In der Ecke schlafen ein paar Spinnen. Im Sommer werden sie von den in der Kackgrube summenden Fliegen gestört. Nach jedem Toilettengang wird das benutzte Zeitungspapier in einer alten Metallschüssel vor dem Häuschen verbrannt. Dann fliegen hauchdünne schwarze Fetzen in sanften Wellenbewegungen in den Himmel wie seltsame Vögel.

Nachts steht in der Küche ein Pisseimer bereit. Je nachdem ist er auch ein Müll- und ein Abflusseimer und manchmal sogar ein Kack- oder Würgeimer. Eimer sind lebensnotwendig und nicht so leicht zu bekommen. Deswegen kann man den alten Eimer nur ganz selten durch einen neuen ersetzen. Dieser Eimer ist schon schwarz und weist allerlei Ablagerungen ungeklärten Ursprungs auf. Zum Pissen stellt man sich breitbeinig über den Eimer. Das geht ganz einfach. Das Kacken ist deutlich umständlicher. Man setzt sich auf den Eimer. Der Henkel und die spitzen Ränder hinterlassen am Po tiefe rote Spuren. Am nächsten Morgen verbrennt man das benutzte Zeitungspapier direkt im Eimer und kippt seinen Inhalt unter dem Apfelbaum aus. Im Sommer wird das Ganze in die Erde eingegraben und dient als natürlicher Dünger. Im Winter verbleibt das dampfende Zeug im Schnee und bringt diesen zum Schmelzen. Bald bildet sich an der Stelle eine stinkende Grube voller Scheiße und anderem Biomüll. Die Krähen finden daran Gefallen und picken Essbares aus der Grube.
Die Großmutter schimpft.
Ich lache.

DER STROMAUSFALL

Abends geht das Licht manchmal von allein aus. Das will man erst gar nicht glauben. Man drückt hektisch auf den Schalter, man überprüft hoffnungsvoll die Glühbirne, man schüttelt sie, um sich davon zu überzeugen, dass die Glühwendel tatsächlich ganz ist. Dann kontrolliert man die Sicherung, aber auch daran liegt es nicht. Zuletzt geht man aus dem Haus und merkt, dass die ganze Straße von der Dunkelheit verschlungen ist.

Der Stromausfall.

Der gewöhnliche Kreislauf des Alltags ist unterbrochen. Kaum zu glauben, was eine einfache Glühbirne bewirken kann. Die Stimmung, die Denkweise, die Wahrnehmung - alles ändert sich im flackernden Kerzenlicht. Das Bekannte wird unbekannt und bedrohlich, lange Schatten tanzen an der Decke und an den Wänden. Durch die riesigen Fenster im Wohnzimmer wird man von vielen unsichtbaren Augen beobachtet. Seltsame Geräusche erfüllen das Haus. Es klopft an der Fensterscheibe, es heult unter dem Dach, es faucht, es schreit wie ein kleines Kind, es trommelt, es platscht, es kratzt ...

Es ist November. Draußen tobt der Wind, und es regnet in Strömen. Es kratzt und jault immer noch. Ich nehme meinen ganzen Mut zusammen und gehe zur Haustür. Das Kratzen wird heftiger. Dann miaut es. Ich lasse unsere Katze herein. Sie ist klitschnass.

Das Unwetter legt sich langsam wieder. Die Welt steht still. Man fühlt sich verloren, einsam, unsicher. Und eins ist klar: Es kann lange dauern, bis das Licht wieder da ist. Tage, Abende, Nächte. Das Zeitgefühl schwindet.

Die Uhren ticken weiter.

DER KINDERGARTEN

Mit fünf Jahren gehöre auch ich in die Institution Kindergarten. Jetzt darf ich morgens nicht mehr ausschlafen und muss in aller Herrgottsfrühe in Begleitung der Großmutter in den Kindergarten gehen. Es dauert mindestens eine halbe Stunde, bis wir dort ankommen. Im Winter ist es dann noch dunkel.

Der Kindergarten, ein zweistöckiges Haus aus weißen Backsteinen, besteht aus insgesamt sechs Gruppen. Im Erdgeschoss befindet sich das Büro der Leiterin. Daneben ist das Sprechzimmer der Krankenschwester. Sie ist den ganzen Tag über anwesend für den Fall, dass irgendetwas passieren sollte oder ein Kind plötzlich krank wird. Ebenfalls im Erdgeschoss sind der große und der kleine Gymnastiksaal sowie der Saal für den Musik- und Tanzunterricht.

Mit unserer Musiklehrerin Larissa Borissowna, einer jungen sympathischen Frau mit sanftem Blick, singen wir Lieder mit kommunistischem Inhalt und üben verschiedene Tänze. Die Texte unserer Lieder ähneln sich alle sehr. Meist wird der lieben Partei für die glückliche Kindheit, die Sonne über dem Kopf und unsere wunderschöne Heimat gedankt. Für die Jahresfeste werden Theateraufführungen vorbereitet und Gedichte auswendig gelernt. Dafür nähen uns unsere Eltern hübsche Kostüme: Schneeflöckchen, Feen, Magier, Häschen, gestiefelte Kater, Schneeköniginnen ...

Das Essen wird von den Köchinnen im Souterrain des Hauses zubereitet. Ein wichtiger Beweggrund meiner Mutter, mich in dem Kindergarten anzumelden. Denn zu Hause haben wir wegen der ständigen Geldnot und der gähnenden Leere in den Regalen der Lebensmittelläden so gut wie nichts zu essen. Der Kindergartentag fängt am Morgen mit einem Frühstück an. Es gibt meistens einen Brei aus Hafer, Grieß oder Reis oder eine Milchsuppe, ein Ei oder ein Omelette. Das hartgekochte und noch ungeschälte Ei liegt mitten im Brei direkt neben der kleinen Pfütze zerlassener Butter. Zum Schluss serviert eine Küchenhelferin Chicorée-Kaffee, Kakao oder Milch. Solange man nicht aufgegessen und ausgetrunken hat, darf man den Tisch nicht verlassen. Wer es nicht selbständig schafft, wird zwangsgefüttert.

Nach dem Frühstück gehen wir in den kleinen Gymnastiksaal, ziehen Sportkleidung an und beginnen unter Anleitung der Erzieherin mit der Morgengymnastik. Morgengymnastik ist nicht nur im Kindergarten Pflicht, sondern auch in den Schulen und in den Betrieben. Jeden Morgen ertönt im Radiogerät eine altbekannte, betont freundliche Männerstimme und bringt alle Bürger unseres Landes zum Beugen, Dehnen, Springen und Hocken.

Nach der Morgengymnastik dürfen wir je nach Wetter entweder im Gruppenraum oder im Garten spielen. Der Kindergarten ist kein einfacher Kindergarten, sondern der beste in unserem Städtchen. Er gehört einem sogenannten *geschlossenen* Moskauer Unternehmen. Die Mitarbeiter des Unternehmens haben keine Berechtigung, ins Ausland zu fahren, nicht einmal in die Länder des sozialistischen Lagers. Die Staatsgeheimnisse sollen unser Land nicht verlassen.

Neunzig Prozent der Kinder in unserem Kindergarten stammen von den Mitarbeitern dieses Geheimclubs. Sie bleiben die ganze Woche, auch nachts, und verbringen nur die Wochenenden zu Hause.

Die anderen Plätze teilen sich der Nachwuchs des Personals und ein paar Kinder aus den Häusern in unmittelbarer Umgebung. Ich bin hier, weil meine Großmutter in dem Kindergarten als Musiklehrerin angestellt war, bevor sie – eine rüstige und aktive Dame im Rentenalter – durch die junge Larissa Borissowna ersetzt wurde. Wenn Larissa Borissowna krank ist, dann darf meine Großmutter, die nun in einem anderen Kindergarten arbeitet, sie vertreten. Ich finde das nicht besonders angenehm, man kann schließlich nie allen gefallen. Und obwohl die meisten Kinder meine Großmutter und ihren Unterrichtsstil sympathisch finden, gibt es bestimmt ein paar unter ihnen, die sie nicht mögen. Bisher hat sich zwar keines der Kinder beklagt, aber schon allein der Gedanke daran bringt mich in Verlegenheit. An den Tagen, an denen meine Großmutter anstelle von Larissa Borissowna am Klavier sitzt, kann ich nicht vernünftig am Musikunterricht teilnehmen. Statt brav die Loblieder auf unsere Partei zu singen, starre ich die ganze Zeit meine Füße an und murmele irgendetwas Undeutliches vor mich hin. Im Sommer schaue ich zu den Bäumen vor den großen Fenstern des Musiksaals.

Zwei Mal wöchentlich haben wir Unterricht im Modellieren und in angewandter Kunst. In Russland gibt es viele unterschiedliche Volkskunsttraditionen. Das Heranführen der Kinder an diese Traditionen gehört zur vaterländischen Erziehung und ist obligatorisch. Und so kommt es, dass wir Spielzeug aus Lehm formen, um es einmal nach der Dymkowo-Schule und ein andermal nach der Filimonowo-Schule zu verzieren, Schneidebretter und Matrjoschkas im Stil des Polchow-Maidans bemalen, Metalltabletts mit Blumen im Schostowo-Stil beleben, Geschirr mit den blauen Ziervögeln von Gschel veredeln und Holzbesteck mit einem Brandmalgerät bearbeiten.

Die eine Hälfte unseres Gruppenraums sieht aus wie ein Unterrichtszimmer. Kleine Tische und Stühle sind dort aufgereiht, vorne steht der große Tisch der Erzieherin mit einer Tafel dahinter. In der anderen Hälfte gibt es eine Malecke und einen Spielbereich mit einem großen Teppich und niedrigen Regalen voller Spielzeug.

Jede Gruppe hat ihren eigenen Schlafraum, eine Toilette und ein Duschbad. Nach dem Mittagessen vor der Ruhestunde werden wir alle nacheinander gewaschen. Zunächst die Mädchen, dann die Jungen. Während die Erste unter der Dusche ist, stehen die anderen, nur mit Unterhose bekleidet, daneben und warten. Wenn ich als Letzte dran bin, kann ich mir die anderen Mädchen während des Duschens genau angucken. Da ich mich selbst nicht aus allen Blickwinkeln sehe, beschert mir das tiefere Einsichten in die weibliche Anatomie.

Die Jungen zu waschen ist offensichtlich eine undankbare Angelegenheit. Und während wir Mädchen bereits rosig und sauber im Gruppenraum warten, wird die Stille durch Schreie aus dem Bad unterbrochen: »... und vergiss den Arsch nicht! Was habe ich gesagt? Schrubb dir den Arsch und beeil dich!« – »Meinst du, ich werde deine Eier waschen? Putz sie selbst, du Drecksack!«

Dann geht es in den Schlafraum. Die Mittagsruhe dauert ganze zwei Stunden. So lange im Bett auszuhalten, geschweige denn zu schlafen, kann nicht jeder. Vor lauter Langeweile tuschelt man, leiht sich ein gebrauchtes Kaugummi vom Bettnachbarn aus, schmeißt Papierflugzeuge durch die Gegend, springt herum und macht sonstigen Blödsinn, wenn die Erzieherin ihren Wachposten kurz verlässt.

Wird man erwischt, gibt es einschlägige Methoden, um so ein Verhalten zukünftig zu unterbinden. Die Erzieherin packt den Übeltäter und zieht ihm die Unterhose aus, hängt sie über eins der vor der Eingangstür stehenden Stühlchen und verlässt das Zimmer. Was als Nächstes folgt, weiß sie ganz genau. Der so Verurteilte kann sich nur bis zum Ende der Ruhezeit unter der Bettdecke verstecken. Ist der Mittagsschlaf zu Ende, geht die Post ab. Alle stehen auf, nur der Übeltäter kann nicht aus dem Bett. Einige stürzen sich sogleich auf das Kind, das sich blass vor Scham an seiner Decke festkrallt, und versuchen, es unter dem lauten Gekicher und Gelächter der Zuschauer zu entblößen. Vielleicht helfen noch ein paar andere nach. Und schwups, da steht es vor den Schaulustigen und versucht vergeblich, sein Geschlecht mit den Handflächen zu bedecken. Die Kinder lachen, manche kneifen es in den blanken Po. Die Erzieherin ist zufrieden. Ungefähr so wie ein Geier, der sich endlich satt gegessen hat.

Danach gibt es Nachtisch. Die Küchenhelferin bringt Tee, Kaffee und Kekse. Den Nachtisch erwarte ich stets mit einer Mischung aus Neugier und Angst. Man kann ziemlich Pech haben damit. Einmal werden gleich zwei Dinge serviert, die ich nicht vertrage: schwarzer Tee mit Milch und Zitronenwaffeln. Also rühre ich nichts an und will gerade aufstehen, als mich die Erzieherin ermahnt, dass ich alles bis zum letzten Tropfen austrinken und bis zum letzten Krümel aufessen soll. Mir wird übel, aber ich muss die ekligen Waffeln hinunterschlucken und den dünnen, mit fetter Milch abgeschmeckten Tee austrinken, bis ich würge. Dann ist die Folter vorbei, und es gelingt mir sogar, den Rest der Waffel in der Schublade zu verstecken.

»Na, geschafft?«, fragt die Erzieherin argwöhnisch.

»Ja«, ich nicke, innerlich zitternd.

Hoffentlich merkt sie nicht, dass ich das letzte Stück Waffel in der Schublade verberge.

Die Küchenhelferin bekommt unser Gespräch mit und schenkt mir, augenzwinkernd, eine zweite Portion Milchtee ein.

Die Stunden zwischen dem Nachtisch und dem Abendessen sind stets mit Heimweh durchtränkt. Denn ich kann nie sicher wissen, ob ich am Abend abgeholt werde oder nicht. Diese Zeit ist die unangenehmste im Kindergarten. Die untergehende Sonne verstärkt meine Traurigkeit. Ich schaue aus dem Fenster und versuche zu erraten, was meine Mutter, meine Großmutter und unsere Katzen gerade machen. Dann spiele ich ein bisschen mit den anderen Kindern, aber das Spiel lenkt mich so gut wie nie ab. Ich setze mich auf den Teppich und versuche, mich in ein Buch zu vertiefen. Aber auch das Lesen ist machtlos gegen die Sehnsucht.

Dann gehen wir in den Garten. Er ist riesig. Jede Gruppe hat einen eigenen Sandkasten und einen eigenen Spielplatz. Eine große Holzveranda dient uns sowohl bei praller Sonne als auch bei Regen und Schnee als Unterschlupf. Zwischen dem Zaun und der Hinterwand der Veranda ist ein schmaler Gang. Ein enger Tunnel voller Dreck und Scheiße. Wenn jemand dringend muss, erledigt er sein Geschäft eben schnell hinter der Veranda. Natürlich nur dann, wenn die Erzieherin nicht hinsieht. Dorthin haben eine Freundin und ich mal ein neues Mädchen gelockt.

»Du, Neue, weißt du, was wir jetzt machen?«, fragt meine Freundin schadenfroh.

»Nein«, sagt die Neue.

»Wir schlagen dich zusammen!«, sagt meine Freundin fröhlich. »Alle Neuen müssen erst mal zusammengeschlagen werden. Nastja haben wir auch zusammengeschlagen, nicht wahr?«

Ich nicke ernst und versuche, den finsteren Gesichtsausdruck meiner Freundin nachzuahmen. Es fühlt sich gut an, zu den Stärkeren zu gehören. Aber den Brauch mit dem Zusammenschlagen kennt meine Freundin nicht von irgendwoher. Er stammt aus dem Gefängnis, wo ihr Vater gerade Urlaub macht.
Nicht nur wir Kinder sind vom Zusammenschlagen fasziniert. Auch unsere Erzieherin ehrt diese Tradition mit großer Hingabe. Wenn ein Kind besonders viele Probleme macht, werden unsere und eine weitere Gruppe zum großen Verprügeln gerufen. Wenn es losgeht, verstecke ich mich gewöhnlich hinter der Veranda und höre, wie die Erzieherin den Prozess der Schlägerei energisch dirigiert: »Kräftiger, Lena, kräftiger!«, brüllt sie. »Ja, ja, ja! Mach doch mal! Hier! Und da! Und noch mal hier!«
Es sind mindestens vierzig Kinder, die ein Kind unter Anleitung der Erzieherin bearbeiten. Der Zusammengeschlagene ist in der Menge der Kinder, die ihn verprügeln, völlig unsichtbar.

Ich vermeide es, Gespräche mit den Erzieherinnen anzufangen. Ich erzähle gern, und manche lachen hämisch über meine vermeintlich erfundenen Geschichten, andere hören erst gar nicht zu. Nadeschda Pawlowna, eine ältere und erfahrene Erzieherin mit einer Brille und dunkelrot gefärbtem Haar, offensichtlich eine ehemalige Krankenschwester, hat sogar noch eine bessere Idee auf Lager. »Ich gebe dir eine Spritze in die Zunge, damit sie anschwillt«, sagt sie. »Dann kannst du keinen Blödsinn mehr reden.«
Irgendwann werden wir wieder hereingerufen, waschen uns die Hände und essen zu Abend. Dann spielen wir noch kurz, putzen die Zähne und gehen ins Schlafzimmer. Wenn wir fertig sind und im Pyjama im Bett liegen,

bringt die Küchenhelferin Gläser mit warmer Milch in den Gruppenraum. Dann dürfen wir das Schlafzimmer der Reihe nach kurz verlassen, um die Milch leise und zügig im Gruppenraum auszutrinken. Da hier ausnahmsweise kein Gruppenzwang besteht, fühlt sich das Ritual wie ein Stück Freiheit und somit wie zu Hause an. Obwohl ich die Milch überhaupt nicht mag, nutze ich die Gelegenheit gern, dem Schlafzimmer für ein paar Minuten zu entwischen.

Im Sommer ist es abends um diese Zeit noch sehr hell. Im Schlafzimmer gibt es keine Rollläden, und die Sonne dringt durch den dünnen Gardinenstoff ins Zimmer. Ich kann nicht einschlafen. Zu Hause hätte ich noch in unserem Garten spielen können, aber meine Mutter hat mich heute wieder nicht abgeholt. Ich verstecke mich unter der Decke und heule, bis ich nicht mehr kann. Dann schaue ich auf die Risse in der Schlafzimmerdecke und die faul vorbeiziehenden Spinnen. Ich zupfe am Steppbett, ziehe die Federn aus dem Kopfkissen, drehe mich mal auf die rechte, mal auf die linke Seite, aber der Schlaf kommt nicht.

Stattdessen kommt die Kinderpflegerin, Irina Adolfowna Schmitt. Ihr Sohn Arthur ist auch in unserer Gruppe. Aber Arthur übernachtet nicht hier, sondern zu Hause mit seinem Vater, während seine Mutter auf uns aufpassen muss. Irina Adolfowna Schmitt ist eine kräftige Dame, sommersprossig, mit kleinen bösen silbergrauen Augen. Ihre kurzen rötlichen Haare bindet sie hinter die Ohren.

»Wer schläft denn hier nicht?«, fragt Irina Adolfowna Schmitt so, als würde sie mit sich selbst reden. »Alle die Augen schließen! Auf die linke Seite drehen! Keine Bewegung! Achtung! Wer es wagt, aufzustehen, wird es bereuen, auf die Welt gekommen zu sein.«

Alle gehorchen. Ich will mir gar nicht ausmalen, was Irina Adolfowna Schmitt sich einfallen lassen könnte. Gott sei Dank ist sie nicht die einzige Kinderpflegerin, die nachts Dienst hat.

Morgen kommt bestimmt Alexandra Dmitrijewna, eine kleine, magere ältere Frau. Ihren grauen Zopf versteckt sie unter dem weißen Kopftuch. Ihre großen, warmen dunkelbraunen Augen sind von buschigen Brauen umrahmt. Dicht am linken Nasenflügel hat sie eine dicke Warze. Aus der Warze sprießen Stoppelhaare. Es sieht aus, als würde Alexandra Dmitrijewna eine Spinne auf der Nase halten. Eine fleischfarbene Spinne mit dünnen schwarzen Beinchen.

Alexandra Dmitrijewna ist unsere heißgeliebte Nachtpflegerin und neben der Musiklehrerin überhaupt das einzige menschliche Wesen im Kindergarten. Vor dem Schlafengehen erzählt sie uns Märchen. Alexandra Dmitrijewna ist lieb, aber man kann es auch bei ihr zu weit treiben. So wie Igor, der während der Ruhestunde zunächst Furzgeräusche nachahmte, dann laut lachte und den anderen zum Schluss noch vorführte, wie man im Bett hochspringen und in einer steifen Soldatenpose zurückfallen kann. Da wurde es sogar Alexandra Dmitrijewna zu viel.

»Sag mal, was für ein Mistkerl!«, schrie sie rot vor Wut und behandelte Igor mit dem Gehstock. Zu beurteilen, ob ihr Vorgehen pädagogisch wertvoll war oder nicht, bleibt jedem selbst überlassen. Aber es hat gewirkt.

Dann wird es allmählich dunkel im Zimmer. Die meisten Kinder schlafen schon. Irgendwo im Gruppenraum singt eine Hausgrille.

DAS GUTENACHTMÄRCHEN

Im Bett muss ich die Hände auf die Decke legen. Das sagt meine Mutter jeden Abend, wenn sie mich ins Bett bringt. Erwachsene erfinden viele seltsame Regeln.

Also lasse ich die Hände auf der Decke, zumindest solange Mutter im Zimmer bleibt. Dann geht das Licht aus. Aber einschlafen kann ich nicht. Heute habe ich mich mit Großmutter gestritten. Das war so: Unsere Nachbarin, eine ältere Dame namens Faína, stand im Vorgarten und bürstete ihre langen, dichten roten Haare. Ich schaute zu. Die Haarpracht glänzte im Licht der Morgensonne. Schön sah das aus. Und alles Schöne ist kaum auszuhalten. Wie ein Vorhang hingen die Haare vor Faínas Gesicht. Da klebte ich ihr unauffällig ein dickes Kaugummi ins Haar. Anschließend verabschiedete ich mich höflich und ging nach Hause. Die Nachbarin hat es nicht sofort gemerkt. Aber einige Minuten später waren ihre Schreie sogar hinter den dicht verschlossenen Fenstern und Türen deutlich zu hören. Ich versteckte mich vorsichtshalber auf dem Dachboden. Zu Recht! Bald klopfte jemand wütend gegen die Fensterscheibe. Es folgte ein ziemlich lautes Gespräch. Und als ich endlich herunterkam, schimpfte mich die Großmutter kräftig aus. Sie forderte eine Erklärung. Eine Erklärung, die ich ihr nicht bieten konnte. Also drohte Großmutter, mich an eine fremde Frau abzugeben, wenn ich mich weiterhin schlecht benehmen sollte. Wer diese Dame ist, hat sie verschwiegen.

Wie könnte denn eine Frau aussehen, die fremde, schwererziehbare Kinder aufnimmt? Vermutlich ist sie deutlich älter als meine Mutter, jedoch jünger als Großmutter. Bestimmt hat sie kurze graue Haare, eine spitze Nase, strenge Gesichtszüge und einen kalten Blick. Großmutter und ich treffen sie auf der Straße. Dann geht Großmutter weg und lässt mich mit der Frau allein.

Die Frau redet wenig. In ihrem Hause gelten besondere Regeln. Es gibt auch feste Bestrafungszeiten. Dreimal pro Tag schlägt mich die Frau mit der Peitsche auf den nackten Po. Das tut so gut, dass ich die Geschichte jetzt täglich vor dem Einschlafen abspiele.

Eines Tages kommt die strenge Frau nicht allein. Sie bringt ihren Sohn mit. Das ist ein schlecht angezogener, unscheinbarer Mann. Er trägt eine altmodische braune Hose, sein Bauch quillt aus dem Hemd hervor. Nun soll dieser Mann auf mich aufpassen. Wenn ich irgendwas falsch mache, zieht er seinen schäbigen Gürtel aus dem Hosenbund heraus, schiebt mein Kleid hoch und schlägt mit dem Gürtel ordentlich all die Dummheit aus mir heraus.

Manchmal erfindet die fremde Frau andere Strafen. Dann muss ich mich neben ihren Sohn ins Bett legen oder mich gar vor ihm ausziehen.

Und täglich kommen neue Details dazu.

SKANDAL

Wenn ich nicht gehorche, droht meine Mutter, mich bald ins Kinderheim zu schicken. Wenn ich mich besonders schlimm verhalte, ist von der Strafanstalt für Minderjährige die Rede.
Ich bin sechs Jahre alt.

Ab und zu streiten wir uns. Meine Oma nennt es Skandal. Manchmal versucht meine Mutter, mich mit bloßen Händen zu erwürgen. Dann muss ich mich mithilfe eines Stuhls verteidigen, den ich umgedreht über den Kopf halte. Oder ich verstecke mich in meinem Zimmer. Zusätzlich verbarrikadiere ich die Tür von innen mit Möbeln. Aber meine Mutter kann die Tür von außen abschließen. Ich bekomme Angst. Ich weine. Ich kann gar nicht aufhören zu weinen. Ich weine, bis ich meine Stimme verliere. Wenn ich größer bin, reiße ich die Tür mit voller Wucht heraus.
Es kommt vor, dass ich solche Angst vor meiner Mutter habe, dass ich im Winter bei minus zwanzig Grad barfuß in den Hof flüchten muss. Weinen kann ich nicht mehr. Ich bin fast erstarrt. Ich fühle nur die Kälte und Leere. Meine Oma ruft mich verzweifelt zurück und schimpft mit meiner Mutter. Ich komme rein. Ich würde die Großmutter so gerne umarmen. Aber ich tue es nicht. Für solche spontane Gefühlsäußerungen schäme ich mich. Stattdessen mache ich eine gleichgültige Miene und spreche nicht mit ihr.
Sie bietet mir etwas zu essen an, aber ich lehne ab. Sie sollen doch Schuldgefühle haben.
In Sachen Schuldzuweisung ist meine Mutter, die inzwi-

schen ruhig in ihrem Zimmer verharrt, jedoch viel geschickter als ich. Plötzlich wird ihr schlagartig schlecht. Großmutter ist sehr besorgt. Sie eilt zu meiner Mutter ins Zimmer und bringt ihr Medikamente.

Angeblich hat meine Mutter ein krankes Herz. Es sieht sehr ernst aus, der Krankenwagen kommt. Man gibt meiner Mutter zwei Spritzen. Dann wird es still im Haus. Ich gehe zu Bett, aber ich kann nicht einschlafen. Ich habe Angst um meine Mutter, und ich habe Angst um mich.

Großmutter sagt oft: »Bedenke, was aus dir werden soll, wenn du uns umbringst. Ohne uns bist du wie eine Zehn ohne eins.« Unsere Nachbarn, Familienfreunde und die Arbeitskolleginnen von meiner Mutter haben schon mehrmals ernste Gespräche mit mir geführt. Sie haben mir ausführlich erklärt, was mir passieren würde, wenn ich meine Mutter umbringen sollte. Sie erklärten mir, dass meine Mutter herzkrank sei, sie erklärten mir, dass meine Großmutter alt sei. Sie meinten, dass ich mich erbarmen solle und damit aufhören müsse, sie so schlecht zu behandeln.

In der großen Pause kommt meine Mutter plötzlich in die Schule und beschwert sich bei meiner Lehrerin. Dieses Gespräch möchte ich mir nicht entgehen lassen und lausche hinter der Klassentür. Plötzlich schwingt die Tür auf und mein Mittelfinger wird zwischen Türblatt und Zarge eingeklemmt. Die Reste meines Nagels werden von der Schulkrankenschwester mithilfe einer Zange ausgerissen. Betäubung gibt es nicht.

Am nächsten Tag erzählt die Lehrerin vor der ganzen Klasse, dass ich meine Mutter umbringen möchte.

»Schwererziehbares Kind!«, lachen die Mitschüler in der Pause.

»Sie wird sich nun hoffentlich besser benehmen«, sagt die Lehrerin.

EXHIBITIONISMUS

Ich bin sieben Jahre alt. Wir sitzen im Zug. Wir fahren nach Moskau. Der Zug ist nicht von der schnellen Sorte.
Es dauert fünfundvierzig Minuten, bis wir ankommen. Grüne Landschaften, Holzhütten, Straßen, andere Züge, grauer Betonzaun, Gleisarbeiter ziehen langsam an uns vorbei. Aber dann stoppt der Zug plötzlich. Eine Ampel steht auf Rot. Wir müssen warten. An dieser Stelle des Betonzauns ist ein riesiges Loch, und vor dem Loch steht jemand.
»Guck da nicht hin!«, sagt die Großmutter, die neben mir sitzt.
Ich gehorche. Aber in der nächsten Sekunde gucke ich wieder neugierig aus dem Fenster. Vor dem Zaunloch steht ein Mann. Irgendwas macht er da. Seine Hand bewegt sich hin und her. In der Hand hält er etwas, das aussieht wie ein dicker Finger oder ein Würstchen. Aber es ist weder das eine noch das andere. Ich frage meine Oma.
»Der Mann ist krank«, sagt die Oma. »Das ist alles.«

Ich bin neun Jahre alt. Ich gehe in die dritte Klasse. Eines Tages machen wir ein Picknick im Wald. Unsere ganze Klasse ist da, dazu noch zwei Parallelklassen mit ihren Lehrerinnen. Wir breiten unsere Picknickdecken aus. Wir setzen uns hin, essen und quatschen. Und da passiert etwas.
»Mädels, guckt mal, da!«, kichert plötzlich meine Mitschülerin Katja.
Ich schaue hin. Ein paar Meter weiter, hinter einer Birke, steht ein Mann. Nicht besonders jung, aber auch noch

nicht alt. Seine Hose ist bis zu den Knien heruntergelassen. In der Hand hält er etwas. Die Hand bewegt sich ständig hin und her.
Ab und zu fasst sich der Mann mit der anderen Hand auch an den Hintern und zwischen die Beine. Dabei führen seine Finger komische Bewegungen aus. Seine Hand zittert wie eine Spinne im Netz. Irgendwann hört es auf. Dann zieht der Mann seine Hose wieder hoch und will gehen.
»He, Onkel!«, schreit ihm Katja hinterher, und der Mann dreht sich um.
»Mach doch weiter!«, fordert sie ihn auf und zeigt mithilfe ihrer Hand unmissverständlich, was zu tun ist.

Ich bin vierzehn. Meine Freundin und ich fahren nach Moskau. Der Zug ist übervoll, die Leute stehen so fest aneinandergepresst, dass ihnen wohl kaum Luft zum Atmen bleibt.
Wir hatten Glück und konnten Sitzplätze ergattern. Meine Freundin sitzt mir gegenüber, neben mir liest ein dicker Mann Zeitung. Im Zug ist es heiß und schwül. Der Dicke schnauft und wischt sich mit einem schmuddeligen Taschentuch ständig Schweißtropfen von Nase und Stirn. Die Zeitung heißt *Komsomolskaja Prawda*, Komsomol-Wahrheit. Ausnahmsweise habe ich kein Buch dabei und möchte bei dem Mann unauffällig mitlesen. Neugierig schaue ich in die Zeitung.
Etwas Knallrotes, Großes und Aufdringliches liegt auf dem Zeitungsblatt.
Im ersten Moment begreife ich nicht.
Dann dämmert es mir.
Vermutlich sehe ich in dem Moment ganz schlecht aus. Wahrscheinlich werde ich kreidebleich. Jedenfalls macht sich meine Freundin Nina große Sorgen.

»Hey! Was ist denn los mit dir?«, fragt sie aufgeregt. »Geht es dir nicht gut?«
»Doch, aber ... da ...«, fange ich an, aber die Zunge klebt an meinem Gaumen.
Plötzlich steht der Mann auf, mit der Zeitung deckt er die noch offene Hose zu und bewegt sich ganz schnell Richtung Ausgang.

Ich bin fünfzehn Jahre alt. Ich will eine Freundin besuchen, die wie die meisten Bekannten in einem Mehrfamilienhaus wohnt. In einem Plattenbau, genau genommen. Ich öffne die schwere Haustür. Es ist dunkel im Treppenhaus. Aber doch nicht so dunkel, dass man diesen Mann, der auf der Treppe steht, übersehen könnte.
Der Mann trägt einen altmodischen hellbraunen Hut, eine dunkle Jacke, schwarze Schuhe.
Doch die Hose fehlt. Sie fehlt gänzlich! Der Mann steht auf der Treppe und wichst energisch.
Wie von einer Explosionswelle getroffen, schmeiße ich mich aus dem Haus und beschließe, lieber gleich eine andere Freundin zu besuchen, die ein paar Straßen weiter wohnt.
Ich betrete das Haus. Nehme die Treppe bis in die erste Etage. Oben tobt jemand. Schwere, hastige Schritte sind zu hören. Einer läuft anscheinend schnell herunter. Der andere schreit.
Verdutzt bleibe ich stehen. Ein Mann kommt mir entgegen. Eine ältere Frau läuft ihm hinterher. In der Hand hält sie einen Besen und fegt den Mann regelrecht aus dem Haus. Sie schreit: »Du Arschloch! Hör auf, in die Treppenhäuser zu pissen!«
Ich renne auch schnell weg, um dem wütenden Besen zu entkommen.
Für heute hatte ich Abenteuer genug.

WAS MACHT MAN IN DER BAHN

Man sagt, unser Volk sei das am meisten lesende Volk der Welt. Jedoch ist lesen nicht jedermanns Sache. Was tut man also, wenn man mit der Bahn fahren muss, nicht lesen will und sich an den vorbeiziehenden prächtigen, aber von Tag zu Tag immer gleichen Landschaften sattgesehen hat? Dann kann man:

Musizieren

Zum Beispiel Akkordeon spielend und singend von Waggon zu Waggon ziehen. Dabei Geld für einen guten Zweck sammeln.

Für das leibliche Wohl sorgen

Heiße Piroschki mit Fleisch oder Weißkohl verkaufen. Oder selber kaufen und verzehren.

Magisch denken

Sich von einer Zigeunerin die Zukunft vorhersagen lassen, wie hypnotisiert sein letztes Geld dafür ausgeben, teure goldene Ohrringe und Ketten vom Leib nehmen und der Betrügerin schenken.

Genussmittel einnehmen

Wodka trinken oder Unmengen Bier aus der Flasche schlürfen. Anschließend direkt im Zug pissen und kotzen.

Sich abreagieren

Gepolsterte Sitze mit einem scharfen Messer aufschlitzen, um sich zu beruhigen.

Kreativ sein
Fensterscheibe anhauchen und je nach Laune böse oder lustige Fratzen auf das verschwitzte Glas malen.

Kommunizieren
Gesprächen der Mitreisenden lauschen, Mitreisende anbaggern, bedrohen, schikanieren, ausrauben.

Wenn der Zug überfüllt ist, kann man darüber hinaus:

Sexuell aktiv werden
Sich an wildfremde Leute schmiegen und unauffällig onanieren.

LEBENSMITTEL

Unser Kühlschrank ist klein. Mit Birkenfurnier dekoriert, tarnt er sich als Dielenschrank. Darauf liegen unsere Mützen, Schals und Handschuhe. Lebensmittel gibt es in unserem Kühlschrank selten. Der Einkauf von Lebensmitteln ist harte Arbeit. Und er ist zeitaufwendig.

Der Einkauf von Lebensmitteln löst ein Wechselbad der Gefühle aus. Einkaufen ist nichts für schwache Nerven. Aber die regelmäßige Lebensmitteljagd hilft dem durchschnittlichen Sowjetbürger, der nachweislich keinen Sex hat, seinen Hormonhaushalt auszugleichen. Das ist jedenfalls wissenschaftlich bewiesen.

Schlange stehen kann sehr unterhaltsam sein. Je nachdem, wer vor und wer hinter einem steht. Schlange stehen verbindet. Man erfährt die neuesten Gerüchte, bekommt Rezepte und Kochtipps. Man genießt das Miteinander. Es ist ein Interessenclub, ein Forum, eine Singlebörse.

Stundenlang Schlange stehen ist eine Tugend und Reifeprüfung zugleich. Und wenn man sich endlich direkt vor der Ladentheke befindet, ist man stolz auf sich. Die Geduld wird belohnt, man fühlt sich beinahe als Sieger, Preisträger, Auserwählter. Von Dankbarkeit erfüllt, möchte man fröhlich die Hymne der Sowjetunion pfeifen. Wenn man dann endlich an der Reihe ist, passiert es: Der Schmand ist ausverkauft, Käse ist auch nicht mehr da und sogar das letzte Stück Butter wird einem vor der Nase weggeschnappt.

Und genau das ist die Mutprobe, die manche nicht bestehen. Der eine ist bitter enttäuscht, der andere wütend. Einer Dame ist schwindlig geworden, eine andere hat einen Herzanfall und wird an Ort und Stelle von einem

Notarzt versorgt. Die Verkäuferin gähnt. Die Schlange löst sich langsam auf. Es kursieren Gerüchte, dass es in einem anderen Laden noch Schmand gibt.

Vor dem Laden steht eine Telefonzelle. Darin telefoniert jemand. Davor stehen andere Leute geduldig Schlange. Einen eigenen Telefonanschluss haben die wenigsten zu Hause. Alles ist ganz friedlich. Aber dann ist es plötzlich vorbei mit der Geduld. Denn reichten nicht gerade eben die Milchvorräte wieder einmal nicht aus? Es könnte doch sein, dass das Telefon ebenso gleich kaputtgeht! Man kocht innerlich. Man brüllt wütend. Man tritt mit den Füßen gegen die Telefonzelle. Man bricht in die Zelle ein, drückt den Hebel herunter, unterbricht das Gespräch. Schmeißt die Person aus der Kabine. Und fühlt sich endlich als echter Sieger.

Die Wände in den Lebensmittelläden sind weiß gekachelt, der Boden ist braun gefliest. In guten Zeiten liegen im Milchladen zwei riesige Käseköpfe und Butter in der Vitrine aus. Außerdem sind Rohmilch aus dem Fass, Tütenmilch, Flaschenmilch, Buttermilch, Kefir und Rjaschenka im Angebot. Aber alles auf einmal gibt es nicht.

Im Sommer sind die sonst öden Lebensmittelläden mit Girlanden aus Klebeband geschmückt. Das Klebeband zieren zahlreiche tote Fliegen. Weiße Kacheln, schwarze Fliegen. Die Farbkombination ist klassisch und zeugt von gutem Geschmack. Edle Goldakzente im Interieur werden von den Kassiererinnen gesetzt, deren Ohrläppchen unter der Last der tonnenschweren goldenen Ohrringe einzureißen drohen. Sogar die Zähne der Kassiererinnen sind aus Gold und darüber hinaus dicht mit Haaren bewachsen.

UNSERE SCHULE

Von unserem Haus bis zur Schule sind es genau fünfundzwanzig Gehminuten. Die Schule ist ein großes Gebäude aus weißem Ziegelstein. Aber nicht groß genug, damit alle Kinder aus der Umgebung darin Platz finden. Wir lernen in zwei Schichten. Der Schichtwechsel findet halbjährlich statt.

Sechs Tage in der Woche haben wir Unterricht. Freitags müssen wir etwas früher in die Schule kommen, wegen dem fünfzehnminütigen Propagandaunterricht, offiziell »politische Information« genannt. An dem Tag bringt jemand von uns einen Ausschnitt aus einer der wichtigsten prokommunistischen Zeitung mit. Der Artikel wird laut vorgelesen und im Anschluss diskutiert. Die Lehrerin moderiert die Diskussion und lenkt sie in die richtige Richtung.

Das Fazit der kurzen politischen Unterrichtsstunde ist immer dasselbe: Wir müssen uns glücklich schätzen, in solch einem wunderbaren Land wie der Sowjetunion geboren worden zu sein, eigentlich das einzige Land, in dem man in Würde leben kann. Kein Problem, dass Bronislawa Iwanowna sich für ihr kleines Lehrergehalt nicht mal neue, anständige Stiefel kaufen kann, denke ich. Sie hat genug Bekannte, die ihr altes Schuhwerk spenden.

Das Leben in einem dieser schrecklichen kapitalistischen Länder muss unvorstellbar grausam sein. Insbesondere in den USA oder Westdeutschland. Dort, wo Kinderarbeit an der Tagesordnung ist. Diese beiden Länder wollen auch die Sowjetunion angreifen. Deswegen muss man jederzeit bereit sein für den dritten Weltkrieg. Und da

schläft auch die Schule nicht. Nicht nur mit Informationen sollen wir versorgt werden, sondern auch mit praktischen Kenntnissen, für den Fall, dass der Krieg ausbrechen sollte.
Aus diesem Grund haben wir militärische Übungen. Die Sirene ertönt, und wir laufen ins Untergeschoss, um uns vor den Übungsbomben zu schützen. Wir stürzen uns auf den Boden und legen die Hände über den Kopf. Eine andere Sirene kündigt eine Chemieattacke oder einen Atomanschlag an. In dem Fall muss noch eine Gasmaske angezogen werden und zwar möglichst schnell. Das ist kompliziert und muss mehrfach geübt werden. Der Lehrer misst den Lernerfolg mit der Stoppuhr. Im Hauswirtschaftsunterricht nähen wir zusätzlich Atemschutzmasken aus Mull, die mit Watte gefüllt werden.

Wenn ein unbekanntes Sportflugzeug grollend über uns hinwegfliegt, breitet sich jedes Mal eine Kältewelle in meinem Körper aus. Werden gleich Bomben vom Himmel fallen? Fängt jetzt der Krieg an?

In meinem Kopf heult die Sirene.

MEINE ERSTE LEHRERIN

Einige Wände in den geräumigen Fluren unserer Schule sind mit überdimensionalen Mosaikbildern dekoriert. Sie zeigen Szenen der Revolution. Die Mosaiken sind größtenteils in rotbraunen Farbtönen ausgeführt, um symbolisch den blutigen Charakter der abgebildeten Ereignisse zu unterstreichen. Da hat sich der Künstler sichtlich Mühe gegeben. Kraftvoll sind sie, die Ausschnitte aus dem revolutionären Geschehen. So kraftvoll, dass die Luft in den Schulfluren beinahe vibriert. Und die Folgen bleiben nicht aus: Alle spüren sie, die revolutionäre Kraft. Rot ist sie, riecht heroisch nach Blut und ist ganz offensichtlich ansteckend.

Unsere Lehrerin Tatjana Sergeewna ist eine Frau um die dreißig. Sie hat große braune Rehaugen, lächelt herzlich, ist beliebt. Ganz nett ist Tatjana Sergeewna. Aber nicht zu allen. Ihr eigener Sohn ist auch sieben Jahre alt und geht in unsere Klasse. Eigentlich ein Unding, denn Kinder dürfen nicht von ihren eigenen Müttern unterrichtet werden. Vielleicht würden sie ja von der Mutter-Lehrerin bevorzugt werden. Das wäre rechtswidrig.

Deswegen ist Tatjana Sergeewna bemüht, dieses Vorurteil aus der Welt zu schaffen. Sie würde doch nie auf die Idee kommen, ihren Sohn zu bevorzugen. Ha! Nicht im Geringsten. Nein, im Gegenteil würde sie sogar alles tun, damit das nicht passiert. Das muss und kann Tatjana Sergeewna allen zeigen: der Schuldirektorin, den Kolleginnen, uns Kindern und natürlich ihrem eigenen Sohn Kolja.

Also beweist Tatjana Sergeewna ihre Unvoreingenommenheit und ihren Gerechtigkeitssinn jeden Tag aufs

Neue. Sie reißt Kolja an den Haaren, sie zieht ihn an den Ohren, bis sie himbeerrot werden, sie stellt ihn in die Ecke, sie gibt ihm kräftige Ohrfeigen. Eines Tages, als Kolja dem Unterricht nicht aufmerksam folgt und insgeheim in sein Heft kritzelt, merkt er nicht, wie sich Tatjana Sergeewna neben seinem Tisch aufbaut. Sie packt ihn ganz fest am Haarschopf, sie zieht seinen Kopf weit nach hinten, bis es im Nacken knackt, sie krallt sich noch fester in Koljas Haare, ihre Fingernägel zerkratzen seine Kopfhaut. Sie schlägt seinen Kopf mit voller Wucht gegen den Tisch.
So einem Schlag würde auch eine erwachsene Nase nicht standhalten. Koljas Kindernase macht da auch nicht mit und bricht. Das Blut spritzt. Was für eine Sauerei! Das ärgert die Lehrerin. Sie packt Kolja am Kragen, schleppt ihn zum Waschbecken und zwingt sein Gesicht unter das kalte Wasser. Dann schubst sie Kolja aus der Klasse in den Flur mit dem rotbraunen Mosaik.
Endlich kann der Unterricht normal weitergehen.

BRONISLAWA IWANOWNA

In unserem Städtchen wurde eine neue Schule gebaut. Fast die ganze Klasse samt Tatjana Sergeewna wechselt dorthin. Meine Mutter will, dass ich in der alten Schule bleibe. Sie überlegt, welche Klassenlehrerin die beste Wahl für mich wäre. Sie lässt sich von ihren Bekannten beraten. Den Wettbewerb gewinnt Bronislawa Iwanowna, die strengste Lehrerin unserer Grundschule. Ihre Strenge ist beinahe legendär und wirkt sich nachweislich positiv auf die Schulleistungen aus.

Bronislawa Iwanowna ist um Mitte fünfzig. Sie trägt einen kurzen Haarschnitt. Ihre hellbraunen, graumelierten Haare färbt sie kastanienrot. Sie ist ziemlich stattlich und ordentlich groß. Fast zu groß für eine russische Frau. Ihre Hände sind oft geschwollen. Das hat zur Folge, dass sie den Ehering nicht mehr abziehen kann. Wie angegossen sitzt er an dem roten wurstigen Finger. Das ist der Nachteil. Der Vorteil ist allerdings, dass dank der Schwellung die Faust größer wird. Und das ist praktisch. Schließlich ist die Faust täglich im Gebrauch. Mal als Drohgebärde, wenn Bronislawa Iwanowna sie einem Schüler unter die Nase hält mit den Worten: »Spürst du, wonach es riecht?« Mal als Ermahnung, wenn die Lehrerin hinter den Tischreihen entlanggeht und ihre Faust dabei manche Schüler am Rücken trifft, mal als Waffe, wenn Bronislawa meinen Klassenkameraden Igor an den Haaren packt und mit dem Gesicht gegen die Tischkante schlägt.
Aber bei Igor greifen selbst die strengsten pädagogischen Maßnahmen nicht. Er kann während des Unterrichts trotzdem nicht stillsitzen, dreht sich hin und her und

lenkt seine Nachbarn mit lustigen Furzgeräuschen ab. Seit der Kindergartenzeit hat sich Igor nämlich gar nicht verändert. Das gefällt Bronislawa Iwanowna überhaupt nicht. Sie befürchtet, dass sich dadurch die gesamte Klassenleistung verschlechtert. Dann wäre der Ruf von Bronislawa Iwanowna ruiniert. Eine kreative Lösung muss her. Und da kommt unserer Lehrerin ein genialer Einfall: Zunächst packt sie Igor am rechten Ohr, führt ihn zur Tür und schubst ihn hinaus. Dann knallt sie die Tür von innen zu, wendet sich an die Klasse und hält eine Ansprache.

Wir bekommen für den nächsten Tag eine Spezialaufgabe: Jedes Kind soll ein Spielzeug »für dieses Spielkind«, so nennt Bronislawa Iwanowna Igor, mitbringen. Gleich in der ersten Unterrichtsstunde am nächsten Morgen wird Igor zur Tafel gerufen. Er steht auf, will hingehen, aber die Lehrerin hält ihn auf. »Nimm deinen Stuhl mit!«, befiehlt sie, und Igor gehorcht.
Den Stuhl stellt er vor die Tafel und fragt ängstlich: »Und jetzt?«
»Setz dich!«, befiehlt die Lehrerin erneut.
Dann dreht sie sich zur Klasse: »Und los geht's!«
Die Zeremonie kann beginnen. Jeder von uns geht einzeln zur Tafel und legt das mitgebrachte Spielzeug vor Igors Füße. Dabei müssen wir das Wort »Spielkind« sagen. Möglichst spöttisch soll es klingen. Langsam wächst der Plüschtierberg vor der Tafel und damit auch die Zufriedenheit unserer Lehrerin. Igor ist hinter dem Berg kaum noch zu sehen. Zusammengesunken sitzt er auf dem Stühlchen, nach vorne gebeugt. Sein Gesicht hat er in den Händen vergraben. Das wiederum gefällt Bronislawa Iwanowna nicht. Wenn Igor nicht hinschaut, kann das nämlich die Wirkung der pädagogischen Maßnahme abschwächen.

Deswegen versucht die Lehrerin, Igors Gesicht von seinen Händen zu befreien. Aber das gelingt nicht auf Anhieb. Ganz fest presst Igor seine Handflächen vor die Augen. Da muss Bronislawa Iwanowna kneifen und kratzen, damit es funktioniert. Nun kommt Igors Gesicht endlich für einen kurzen Moment zum Vorschein. Es ist knallrot und verweint. Schnell stürzt sich Igor zu Boden und versucht, sich hinter dem Stuhl zu verstecken. Doch die Lehrerin hebt seinen Stuhl triumphierend hoch und steht da wie eine wuchtige Freiheitsstatue. Igor krümmt sich auf dem Boden und sucht Schutz hinter dem Stofftierberg.

Nicht nur streng ist Bronislawa Iwanowna, sondern auch humorvoll. Der Humor entspricht allerdings ihrer Statur. Kantig und grob ist dieser Humor. Einen Jungen mit Piepsstimme nennt Bronislawa Iwanowna einfach »Pipi«, wenn sie sauer ist. Wenn sie guter Laune ist, wird aus Pipi »mein lieber Pipimann« oder gar »mein süßes Pimmelchen«. Und das ist schon eine echte Anerkennung.

Im Speisesaal sitzt Bronislawa Iwanowna breitbeinig am Tisch mit ihren Kolleginnen und bemerkt mit viel Sachkenntnis: »Gleich essen wir uns alle satt und werden vor uns hin furzen!« Ein paar Kolleginnen fällt der Kiefer runter, aber unsere Literaturlehrerin findet das ganz natürlich. »Da haben Sie recht!«, gibt sie bereitwillig zu: »Und wie!« Ihre Kolleginnen kichern.
Die Literaturlehrerin ist offensichtlich aus demselben Guss wie Bronislawa Iwanowna. Auch ihre Faust verselbständigt sich gern, und im Unterricht ist sie ähnlich kreativ. Und als wir gemeinsam über *Die Beshin-Wiese* von Turgenew diskutieren, macht sie uns auf die Genialität des Schriftstellers aufmerksam. »Überlegt euch, wie sieht

eigentlich diese Beshin-Wiese aus? Die habe ich mit eigenen Augen gesehen. Eine einfache Wiese ist das, sage ich euch, mit viel Kuhscheiße überall. Aber wie saftig hat sie Turgenew beschrieben!« So stelle ich mir nun die Beshin-Wiese vor.

Beschissen ist die, total beschissen.

WORÜBER MAN NICHT SPRICHT

Bis zum Alter von sechs Jahren lebe ich glücklich in einer Welt ohne Anfang und Ende. Aber eines Tages sagt Großmutter, sie gehe zu einer Beerdigung.
»Was ist eine Beerdigung?«, frage ich.
»Das ist, wenn jemand gestorben ist«, antwortet Großmutter.
»Was bedeutet *gestorben*?«, frage ich erneut.
»Das ist, wenn es den Menschen nicht mehr gibt«, antwortet Großmutter.

In der UdSSR gibt es weder Tod noch Krankheiten oder Alter. Für sowjetische Medien sind diese Themen tabu. Deshalb spricht man in Kindergärten, Schulen und anderen Bildungseinrichtungen auch nie über den Tod. Und auch nicht über Sex.
Man spricht nicht darüber, lässt andere jedoch gerne an seinem Leid teilhaben, wenn sich jemand aus der Familie in die andere Welt verabschiedet. Möglichst viele sollen daran Anteil nehmen. Unabhängig von Alter, Verfassung und Lebenseinstellung. Auch die Kinder.

Es ist ein wunderschöner, sonniger Morgen. Ein Kind sitzt vor dem offenen Fenster und guckt auf die Straße. Plötzlich ist Musik zu hören. Wie spannend. Richtige Musik auf der Straße? Wie kommt das? Und dann sind auch schon die Musiker zu sehen. Ein Blasorchester. Alle tragen Schwarz. Dem schwarzen Blasorchester folgt eine Menschenkolonne. Es sieht aus wie eine kleine Mai-Parade. Jedoch schweigen hier die Leute. Vier Männer tragen eine komische lange Kiste, die mit rotem Stoff überzogen ist. Seitlich sind Verzierungen aus Metallfolie angebracht. Den Rand schmücken Rüschen aus Krepppapier, und das Innere der Kiste ist mit weißem Stoff ausgeschlagen. Und da liegt einer drin! Er hat einen Anzug an und bewegt sich nicht. Die Prozession geht weiter. Das Blasorchester spielt.

Das Kind will weglaufen, sitzt aber wie festgebunden, wie erstarrt auf seinem Stuhl. Die schreckliche Musik wird zum Ohrwurm und verfolgt das Kind jahrelang. Deswegen weiß es oft nicht genau, ob die Musik nun in seinem Inneren spielt oder von außen kommt. Wird die Musik lauter, hält sich das Kind die Ohren zu. Und schon wieder eine Prozession, sie blockiert den Autoverkehr, und schon wieder eine offene rote Kiste mit Rüschen aus Krepppapier und weißem Innenteil. Darin liegt ... »Aaaaaah!!!« ... Das Kind dreht sich schnell um und versteckt sich im Treppenhaus eines Hochhauses. Um der schrecklichen Musik zu entkommen, steigt das Kind bis in die zweite Etage. Es ist dunkel im Treppenhaus. In der Ecke steht etwas ... Metallfolie! Rüschen ... Das ist der Deckel von einem ... »Aaaaaah!!!«

Das Kind und seine Freundin spielen auf dem Schulhof. Es ist ein schöner, warmer Frühlingsmorgen. Ein Schmetterling fliegt vorbei, ein Marienkäfer schaukelt auf einem hohen Grashalm. Vor dem Haus gegenüber tut sich etwas. Das sieht wie eine Versammlung aus. Was ist passiert? Die Kinder sind neugierig und kommen näher. Vor dem Haus sind Stühle aufgestellt. Auf den Stühlen steht etwas ... eine rote Kiste! Ein graues Gesicht auf einem weißen Kissen! ...

Das Kind ist jetzt neun Jahre alt. Das neue Schuljahr fängt an. Aber die beste Freundin des Kindes ist nicht mehr da. Sie ist in eine andere Schule gewechselt. Das

Kind hat auch eine neue Lehrerin und eine neue Klasse. Nachdem die neue Schule gebaut wurde, hat ein Drittel der Kinder die alte Schule verlassen.
Das Kind vermisst seine Freundin, gewöhnt sich aber langsam an die Klasse.
Zwei Monate vergehen.

Eines Tages klopft es mitten im Unterricht an der Klassentür. Die Schuldirektorin tritt ein. Sie fragt: »Gibt es unter euch Kinder, die Lena K. kannten?«
Lena K. ist die Freundin des Kindes. Das Kind hebt seine Hand.
»Lena ist gestern beim Sportunterricht gestorben«, sagt die Direktorin schnell. »Sie ist hingefallen, der Notarzt konnte nichts mehr tun. Sie war sofort tot. Sie war herzkrank, aber das wusste keiner. Die Beerdigung ist am Freitag. Wenn du Abschied nehmen willst, wirst du vom Unterricht freigestellt.«
Die Schuldirektorin entschuldigt sich für die Störung und tritt aus dem Klassenzimmer.
Am Freitag geht das Kind zusammen mit der Schuldirektorin und zwei weiteren Kindern zur Beerdigungszeremonie. Die ganze alte Klasse ist schon da, und jedes Kind hat eine rote Nelke mitgebracht.

Es ist ein Novembertag. Der Himmel ist grau. Die kalte schwarze Erde ist mit dem ersten dünnen Schnee bedeckt. Zaghaft, wie bei einer Zeitlupenaufnahme, fallen große Schneeflocken vom Himmel. Sie landen auf den Köpfen der Kinder, auf den Nelken und auf der Erde.
Vor dem Haus werden Stühle aufgestellt. Auf den Stühlen steht etwas. Eine schreckliche rote Kiste, innen mit weißem Stoff ausgeschlagen. Darin liegt Lena. Ihr Mund ist halboffen. Das Gesicht ist blass, die Lippen sind bläu-

lich, ihre Augen geschlossen. Die Sommersprossen haben ihre Farbe verloren. Ihr kurzes Haar schmückt eine riesige Blume aus Organza. Sie ist fast so groß wie ihr Kopf.

Das Blasorchester spielt den Trauermarsch.

MEINE ERSTE LIEBE

Meine erste Liebe lerne ich im Fernsehen kennen. Das habe ich der Perestroika zu verdanken. Sonst würde unser Fernseher weiterhin das gewöhnliche Programm zeigen: Reportagen aus Kuhställen und Kolchosen, Militärparaden, Volkstänze und, wenn ein wichtiger Politiker gestorben war, orchestrale Darbietungen von traurig anmutender klassischer Musik. Mein Teenagerherz wünscht sich etwas anderes. Und eines Tages passiert es endlich.
Ab da hat der Traum einen Namen: Thomas Anders. Er ist glänzend, geheimnisvoll und unerreichbar wie eine Fata Morgana. Er kommt aus dem fernen Westen, aus einem anderen Leben, aus einer anderen Welt.
Bald sprießen sogenannte Tonstudios wie Pilze aus dem Boden. Aus dem Sowjetischen übersetzt heißt das: Orte, wo man Raubkopien völlig legal vervielfältigt.
So ein Studio gibt es neuerdings auch in unserem Städtchen. Und dort hängt ein riesiges *Modern Talking*-Poster an der Wand. Die Ex-Freundin von Alik, so heißt der Besitzer des Studios, hat es ihm aus Westdeutschland mitgebracht.
Und jedes Mal, wenn ich im Vorraum darauf warte, dass meine bestellten Kassetten fertig sind, starre ich dieses Poster an und versuche, mir selbst die kleinsten Details genau einzuprägen: die Nora-Kette, den Fingerring, das goldene Armband ... Thomas hat etwas Magisches an sich, sein Blick hypnotisiert. Und da sind schon die Kassetten fertig. Am liebsten wäre ich da geblieben, neben dem Poster.
Bei der Nachbarstochter Vika entdecke ich zwei Schallplatten von *Modern Talking*, die ihre Eltern aus Bulgarien

mitgebracht haben. Von da an besuche ich Vika so oft wie möglich. Immer wenn die Hausaufgaben fertig sind, legen wir eine von den beiden Schallplatten auf, und das Abenteuer beginnt. Dann bin ich Thomas Anders und Vika ist Nora, seine Freundin. Wir spielen so lange, bis ihre Eltern von der Arbeit nach Hause kommen. Dann gehen wir zu mir, schließen uns in mein Zimmer ein und setzen unser Spiel fort.

Irgendwann macht Thomas Nora einen Heiratsantrag. Der Hochzeitsfeier soll eine Hochzeitsnacht folgen. Wir nehmen es ernst. Wir ziehen uns aus und legen uns fast nackt ins Bett. Wir küssen uns, wir legen uns aufeinander. Wir merken nicht, wie Großmutter und Vikas Mutter reinkommen.

Ab jetzt dürfen wir uns nur noch draußen treffen.

AUFKLÄRUNG

Am Ende unserer Straße steht das Haus des Pfarrers. Das Haus ist mit Antiquitäten und wertvollen Gemälden ausgestattet. Der Pfarrer, ein älterer, bärtiger Mann, groß und schlank, ist neu in unserem Städtchen. Meine Freundin Arina, deren Vater auch ein Geistlicher ist, pflegt zu sagen: »Die Lippen von Vater Michail sind zu sinnlich für einen Pfarrer.« Dabei imitiert sie sowohl seinen mittelrussischen Dialekt als auch seine typischen Mundbewegungen.

Der Pfarrer ist verheiratet und hat zwei erwachsene Söhne. Sein Mütterchen, so der russisch-orthodoxe Begriff für eine Pfarrersfrau, ist ein blühendes Vollweib und mindestens zwanzig Jahre jünger als ihr Mann. Ihr dichtes blondiertes Haar trägt sie offen, dazu enganliegende T-Shirts, die ihre prächtige Oberweite effektvoll in Szene setzen.

Eines Tages gehe ich von der Schule nach Hause. Auf halber Strecke kommt mir Vater Michail entgegen. Er geht langsam und hält sich mit der rechten Hand links am Oberkörper fest.

»Guten Tag, Kind«, sagt er. »Gehst du nach Hause?«

»Ja«, sage ich. »Die Schule ist aus. Und was ist mit Ihnen, Michail Fjodorowitsch? Ich habe Sie noch nie hier spazieren gehen sehen.«

»Ich habe Herzschmerzen, Kind. Die frische Luft soll mir guttun.«

Ich wünsche dem Pfarrer gute Besserung und will weitergehen. Plötzlich fragt er, so als wäre er ein netter Großvater, der seinem Enkelkind eine Gutenachtgeschichte erzählt: »Nastenka, weißt du eigentlich, wie es beim Sex zugeht?«

In die Geheimnisse des Sexuallebens wurde ich ein Jahr zuvor schon auf brutale Art und Weise von meiner Nachbarin Olja, einem zwei Jahre älteren Mädchen mit viel Sachkenntnis, eingeweiht.
»Liebe«, meinte Olja, »ist, wenn ein Mensch sein Geschlechtsteil in das eines anderen steckt.« Damals habe ich mir geschworen, es nie im Leben auf diese Weise zu praktizieren.
Doch der Pfarrer will mir offensichtlich eine ganz neue, eigene Vision der körperlichen Liebe vorstellen. Ich bin sehr gespannt auf seine Version.
»Nein, Vater Michail, was meinen Sie damit?«
»Dann sei schön vorsichtig!«, mahnt mich der Pfarrer. »Zwischen den Beinen hat die Frau eine Öffnung. Dieses Loch macht die Männer verrückt. Sie machen der Frau Komplimente, schenken ihr Blumen, aber ihre Gedanken kreisen stets nur um dieses Loch! Ja, ja, ja ... Hahaha ... das Löchlein ... nur das haben sie im Sinn!«
Der Pfarrer wirkt ein wenig benommen, und ich mache mir ernsthafte Sorgen um seine geistige Gesundheit.
»Vertraue keinem Mann!«, brüllt er.
»Selbst wenn er Pfarrer ist«, rufe ich und renne weg.

DER TRAUM KOMMT NACH MOSKAU

Plötzlich kursieren Gerüchte, dass Thomas Anders nach Moskau kommt. Vor lauter Freude bin ich dem Wahnsinn nahe. Ich finde heraus, dass das Konzert im Olimpijskij-Stadion stattfindet. Doch niemand weiß, wo es Karten für die »*Thomas Anders Show*« zu kaufen gibt. Man weißt auch nicht, ob sie überhaupt frei verkäuflich sind. Eine Gruppe verzweifelter Fans wendet sich an eine bekannte Moskauer Zeitung, in der Hoffnung, die Journalisten könnten ihnen helfen. Die Journalisten recherchieren vergeblich. Niemand gibt ihnen eine eindeutige Antwort. Später stellt sich heraus, dass fast alle Tickets an bestimmte Moskauer Unternehmen und Einrichtungen verteilt werden. Zum Beispiel an die höhere Miliz und ans Militär. Die Karten werden den Machthabenden zugeschoben wie eine verbotene Delikatesse.

An dem Tag nehme ich, zum ersten Mal allein, den frühesten Zug um kurz nach fünf nach Moskau. Als ich mich im Dunkeln vom Haus entferne und in Richtung Bahnhof gehe, begleiten mich vom Fenster aus die besorgten Blicke von Mutter und Großmutter.

Kaum am Stadion angekommen, sehe ich eine Gruppe von Fans. Sie sind etwas älter als ich, aber genauso aufgeregt. Wir lernen uns kennen. Darunter sind auch zwei Freundinnen aus Moskau, Ira und Lena, beide fünfzehn. Ira hat viele Fotos von *Modern Talking* dabei, die sie gegen andere eintauschen möchte. Da überzeuge ich sie, ein paar davon an mich zu verkaufen. Die Fotos lösen eine Begeisterungswelle aus. Woher hat sie die nur? Schließlich gibt es in der UdSSR keine Musikzeitschriften. Aber

Iras Vater besitzt einen Fotoapparat, mit dem man Fernsehauftritte oder Bilder von anderen Fans abfotografieren kann. Außerdem versteht Ira sehr gut Deutsch und übersetzt sämtliche Artikel aus der *Bravo*, die andere Leute auf dem Schwarzmarkt kaufen und zu ihr bringen.
Ich beneide Ira vor allem um ihre Deutschkenntnisse. In der UdSSR dürfen wir in der Schule lediglich eine einzige Fremdsprache lernen. An den meisten Schulen ist das entweder Deutsch oder Englisch. Wenn nicht anders gewünscht, bekommen die guten Schüler Englisch und die schlechten und mittelmäßigen Schüler Deutsch zugeteilt. Ich schwöre mir, irgendwann auch Deutsch zu lernen und vielleicht sogar, auch wenn es absolut unmöglich scheint, doch irgendwie nach Deutschland zu reisen.

Jemand sagt, dass Thomas Anders im Hotel *Moskovskaja* in der Nähe des Stadions wohnt. Wir rennen sofort dorthin und warten geduldig. Dann kommt ein Typ mit dunklen Locken heraus, doch es ist nicht Thomas Anders. Der Mann zwinkert uns vielsagend zu und hält uns allem Anschein nach für minderjährige Prostituierte.
Neben dem Hotel zu stehen, in dem Ausländer wohnen, und sich vorzustellen, dass sich hinter diesen Wänden Thomas Anders befinden kann, fühlt sich an, als stünde man vor einer Pforte zu einer anderen Welt.
Zwei Stunden vergehen. Wir erfahren, dass Thomas Anders ganz woanders wohnt, sind jedoch nicht besonders enttäuscht, denn eine viel wichtigere Aufgabe wartet auf uns. Genau genommen ist nun wieder Warten angesagt. Denn die Konzertkasse macht plötzlich auf. Der Countdown läuft, unsere Nerven liegen blank. Doch nur vierzig Minuten später geht das Kassenfenster genauso plötzlich wieder zu. Ausverkauft. Die wenigen vorhandenen Tickets sind allesamt an die Nachkommen der Kriegsveteranen

abgegeben worden, die sich selbstverständlich erst gar nicht anzustellen brauchten.
Der Traum ist ausgeträumt. Es folgen Enttäuschung, Verzweiflung und Wut. Die beiden Freundinnen Ira und Lena, wie viele andere auch, weinen bitterlich. Anschließend fahren sie todtraurig nach Hause. Ich und andere Fans beschließen, weiterzukämpfen. Ein besonders rebellischer Siebzehnjähriger organisiert einen Protest gegen die Ungerechtigkeit. Wir drehen Runden um das Gebäude und skandieren: »Gebt uns die Tickets! Alle Tickets an die Fans! Thomas, wir lieben dich!«
Eine organisierte Demo im Zentrum von Moskau? Und das in den Achtzigerjahren in Anwesenheit von Miliz und Militär? Wieso werden wir eigentlich nicht auf der Stelle verhaftet? Lösen wir etwa Mitleid bei den Ordnungshütern aus?
Einige von uns knien vor den Milizionären nieder. Wir flehen sie an, uns doch noch Einlass in den Saal zu gewähren. Alles vergeblich. Dann trennen sich unsere Wege. Ich und drei weitere Mädchen bleiben hartnäckig. Wir gehen erneut um das Olimpijskij-Gebäude herum, wir bitten die Soldaten, uns in das Stadion hineinzulassen. Ohne Erfolg. Das Konzert hat mittlerweile angefangen.
Aber da kommt das Glück, getarnt als unscheinbarer Soldat: »Na, Mädels, habt ihr noch Interesse daran, das Konzert mitzuerleben?«, fragt er leise.
Wir leeren unsere Portemonnaies, wir legen zusammen. Dann führen uns Soldaten paarweise in den Saal hinein. Ich lande in der vorletzten Reihe. Die Entfernung ist so groß, dass man nicht mal die Gesichtszüge von Thomas Anders erkennen kann, und dennoch bin ich glücklich, sehr glücklich. Ich habe es trotz allem geschafft. Ich bin meinem Traum immerhin näher gekommen.
Als ich abends zu Hause eintreffe, fragt meine Mutter:

»Wo warst du denn die ganze Zeit? Wiktor rief an, er hatte zwei VIP-Tickets für das Thomas-Anders-Konzert für dich. Warum hast du mich nicht angerufen?! Da hättest du in der ersten Reihe sitzen können.«
Wiktor ist Professor an einer Militärhochschule.

Auch in den Monaten nach dem Konzert zieht das Stadion die Fans noch immer wie magisch an. Der Foto- und Fanartikelhandel geht weiter. Bald erkennt jemand die Möglichkeit, Kapital daraus zu schlagen. So wird der erste russische *Modern Talking*-Fanclub gegründet. Und damit der allererste offizielle Fanclub in der Sowjetunion. Fünf Rubel kostet die Aufnahme, dafür ist ein Begrüßungscocktail inklusive. Die Fantreffen finden monatlich statt und werden von einer Show begleitet, bei der zwei zurechtgemachte Mädchen auf der Bühne *Modern Talking* darstellen. Der Hype um den Fanclub ist groß.

EINE ANDERE HAUTFARBE

Ich sitze in der Änderungsschneiderei und warte, dass meine Jeans gekürzt wird. Mir gegenüber sitzt ein Mann. Er ist schwarz. Leute mit schwarzer Haut sieht man in unserem Städtchen selten. Eigentlich sogar nie. Bisher kenne ich schwarze Menschen nur aus dem Fernsehen, und einmal ist mir einer in Moskau begegnet.

Da stellt mir der Mann plötzlich eine Frage. Ob ich Englisch spreche, will er wissen. Ich bin begeistert. Endlich kann ich meine Sprachkenntnisse an einem Native Speaker testen. Wir unterhalten uns, die Zeit fliegt vorbei. Ich bekomme meine Jeans zurück, er seine Stoffhose. Dann verlassen wir die Schneiderei und gehen zusammen bis zum Bahnhof. Dabei habe ich große Angst, dass den Passanten etwas passiert, oder vielmehr: Ich mache mir Sorgen um ihre Gesundheit. Wenn man den Hals so verdreht, kann unter Umständen viel kaputtgehen. Auch die Augen tragen möglicherweise einen Schaden davon, wenn man sie so unnatürlich weit aufreißt. Aber eigentlich interessiert mich das Ganze nicht. Ich konzentriere mich lieber auf das Sprachtraining.

Unser Gespräch wird durch eine energische Begrüßung unterbrochen. Es ist Kira Vassiljevna, die Direktorin des Buchladens, eine Zauberin, die jedes Buch besorgen kann. Eine imposante Dame und Freundin meiner Mutter. Sie stiert mich neugierig an, macht den Mund auf und kann ihn vor lauter Verwunderung nicht wieder schließen.

Die arme Kira tut mir sehr leid. Um sie aus der Starre herauszuholen, grüße ich sie ebenfalls und gehe mit meinem Gesprächspartner weiter. Dann drehe ich mich sicherheitshalber noch einmal um. Kira hat sich keinen Schritt fortbewegt. Sie steht da, mitten auf der Straße, und schaut, wie wir uns von ihr entfernen. Den Mund hat sie immer noch nicht zugemacht. Da kann ich mir das Lachen kaum verkneifen. Als ich nach Hause komme, lacht meine Mutter ebenfalls.

Am darauffolgenden Tag besucht Kira meine Mutter auf der Arbeit. Sie ist empört, sie klärt meine Mutter über die verheerenden Folgen ihrer falschen Erziehung auf, sagt meine Zukunft voraus und empfiehlt meiner Mutter, besser auf mich aufzupassen.

Es müsse doch jedem klar sein, was diese Schwarzen im Sinn hätten! Da müsse man nicht lange überlegen, nicht mal hellsichtig müsse man dafür sein. Und Kira weiß genau, was sie sagt. In Sachen Erziehung kenne sie sich nämlich gut aus. Schließlich habe sie ja auch eine Tochter. Die ist zwar erst zehn Jahre alt und spielt noch mit ihren Puppen, aber immerhin.

Sieben Jahre vergehen wie im Flug. Die Tochter von Kira, Vera, studiert in Moskau. Sie hat schon einen Freund, einen Ausländer. Nach dem Studium wollen sie heiraten und gemeinsam nach Belgien ziehen. Dann wird Vera schwanger, und ihr Freund kehrt nach Belgien zurück. Vera nimmt er nicht mit.

Einige Monate später bekommt Vera Zwillinge, und Kira wird Großmutter – Großmutter von gleich zwei schwarzen Kindern.

DER CLUB DER POESIELIEBHABER

Die größte Bücherei unseres Städtchens heißt Zentralbibliothek. Wirklich bekannt wurde sie erst vor ein paar Jahren, kurz nachdem meine Mutter anfing, dort zu arbeiten. Eigentlich war sie an der Moskauer Nationalbibliothek als wissenschaftliche Angestellte beschäftigt gewesen. Dann zwangen gewisse Umstände sie dazu, hierher zu wechseln.

Die Umstände, das war ich.

Man muss sagen, dass sich meine Mutter in der Provinzbibliothek anfangs ein wenig langweilte. Dann aber erinnerte sie sich an ihre Beziehungen zu den Literaturzeitschriften, für die sie immer noch gelegentlich Beiträge schrieb. Sie bekam einige Kontakte, nutzte ihren Charme und ihr organisatorisches Geschick und gründete schließlich den *Club der Poesieliebhaber*, der schnell zur Hauptattraktion der bis dahin unscheinbaren Bücherei wurde.

Dank meiner Mutter treffen die Bewohner des Städtchens in dem bescheidenen Lesesaal der Bibliothek viele bekannte Gesichter der modernen Literatur. Und nicht nur das, man kennt den Club sogar in Moskau. Deswegen müssen an manchen Abenden zusätzliche Stühle hinter den Türen des Lesesaals aufgestellt werden, so sehr lechzt die Bevölkerung nach Poesie. Wer keinen Sitzplatz ergattert, muss die geistige Nahrung stehend aufnehmen.

Die Lesungen finden jeden zweiten Sonntag im Monat nach Dienstschluss statt. Dabei passiert etwas Unerklärliches: Das kleine, schiefe, gräuliche, von Kakerlaken besetzte Gebäude, in dem hässliche gelbe Wasserflecken die Decke zieren, wirkt auf einmal geräumig, luftig und erhaben. Plötzlich ist es nicht mehr irgendeine Provinzbibliothek, sondern ein Salon, in dem man die Moskauer Hautevolee trifft. Nach dem geistigen Menü wird in einem deutlich kleineren Kreis für das leibliche Wohl des Stars des Abends gesorgt.

Der kleinere Kreis besteht aus meiner Mutter, ausgewählten Kollegen und mir sowie Wellensittichen und Katzen, die sowieso in der Bibliothek wohnen und keine gesonderte Einladung brauchen. Im kleinen Kreis trinkt man ausschließlich starken schwarzen Tee und pickt von dem reich gedeckten Tisch diverse Leckereien, die von Enthusiasten extra für diesen Empfang zubereitet wurden.

Der Star ist nach einem gelungenen Vortrag gewöhnlich gut gelaunt und plaudert ausgelassen aus dem Nähkästchen. Die Themen sind vielfältig und reichen von den Neuentdeckungen am Literaturhimmel über die neuesten Gerüchte aus der Kinowelt bis hin zu ganz persönlichen Dingen.

Eines Abends, als sich zufällig auch ein ausgesprochen ruhiger Pudel unter den geladenen Gästen befand, ging es um Hunde.

»Ist er kastriert oder sehr alt?«, fragte der Literat nachdenklich und zündete sich eine Zigarette an.

»Nicht dass ich wüsste«, sagte die Besitzerin, von der Taktlosigkeit des Literaten merklich getroffen. »Wie kommen Sie darauf?«

»Nun«, sagte der Literat leicht verlegen und stieß dabei eine kleine Rauchwolke aus, »mein Paulchen konnte nie so still sitzen wie Ihr Hund. Er musste sich immer an meinem Bein vergehen.«

Der Literat nahm einen letzten, besonders kräftigen Zug von seiner Zigarette, so dass der Filter anbrannte. Sein

Gesicht verzog sich zu einer leidenden Grimasse. »Ich habe ihn kastrieren müssen«, fuhr er sichtlich bedrückt fort. Dabei kullerte eine dicke Träne aus seinem Auge und plumpste geradewegs in die Tasse der Bibliotheksdirektorin, die neben ihm saß. In einem Schluck trank Tamara Gerassimowna ihren Tee mitsamt der Literatenträne aus und tröstete ihn auf der Stelle: »Sie brauchen sich keine Vorwürfe zu machen. Kastriert lebt es sich gut!«

»Aber das können Sie doch nicht so genau wissen«, entgegnete der Literat. »Gerade nach den neuesten wissenschaftlichen Erkenntnissen ...«

»Vergessen Sie diesen Blödsinn!«, unterbrach ihn Tamara Gerassimowna freundlich, aber bestimmt. »Ich hatte eine Operation und kann mich nicht beschweren!«

Der Literat verschluckte sich an dem heißen Tee. Doch er gab nicht auf: »Aber die Tiere haben ja neben Sex und Essen kaum andere Freuden!«

»Na und?«, konterte Tamara Gerassimowna. »Auch ich hatte seit Jahren keinen Sex, und mir geht es gut!« Resolut schob sie sich eine solide Portion Kuchen in den Mund.

DIE CLUBMITGLIEDER

Die Stammgäste des Clubs, man nennt sie Clubmitglieder, sind genauso bunt wie die Vortragenden. Einer ist bemerkenswerter als der andere.

Auch die beiden Künstler Witalij und Wiktor gehören dazu. Witalij ist groß und stockdünn, Wiktor ist rundlich und klein. Witalij punktet mit einem imposanten Schnauzer, Wiktor mit einem wuchtigen Vollbart. Witalij trägt eine Kurzhaarfrisur, Wiktors Haare sind lang. Witalij ist gepflegt, Wiktor ist fleckig und ungekämmt. Witalij ist alleinstehend, Wiktor ein Familienvater, was seinem starken Interesse an meiner Mutter jedoch nicht im Weg steht, was wiederum Witalij gar nicht gefällt.

Witalij und Wiktor mögen sich nicht. Das ist unangenehm. Vor allem, weil man sich als gut erzogener Mensch und als Mitglied des *Clubs der Poesieliebhaber* so etwas nicht anmerken lassen darf. Und das ist nicht einfach.

Die Clubsitzungen werden von Künstlern mit Tusche und Bleistift protokolliert. Dabei kritzelt Witalij ganz unauffällig Karikaturen von Wiktor und anderen unangenehmen Männern in seinen Zeichenblock. Und auch Wiktor vergeudet keine kostbare Zeit, sondern zeichnet Witalij von hinten und legt dabei das größte Augenmerk auf die beginnende Glatze. Das fühlt sich gut an. So gut, dass Wiktor eine noch nie gekannte Inspiration verspürt und wie benommen den Haarwuchs auf Witalijs Kopf fast vollständig ausradiert. Dann beißt er gedankenverloren auf den Stift, überlegt kurz und lässt großzügig doch einen schmalen Haarkranz auf dem Kopf des Geschädigten stehen.

Ich treffe Witalij und Wiktor nicht nur im Lesesaal, sondern auch in unserem Wohnzimmer oder im Garten unter der großen Linde. Natürlich nie im Doppelpack. Es ist nicht einfach, sich ohne Telefon abzusprechen. Die beiden müssen einen sehr guten Riecher haben, um nicht eines Tages aus Versehen zusammen mit dem Nebenbuhler vor unserer Tür zu stehen. Aber die gegenseitige Unverträglichkeit ist offenbar so groß, dass es bisher noch nie passiert ist.

Bei uns zu Hause geht das Buhlen um die weibliche Gunst gehörig weiter. Dabei ist Kreativität eine große Hilfe. Ein waschechtes Mitglied des *Clubs der Poesieliebhaber* sollte sich nicht gewaltsam in den Vordergrund drängen. Nicht einmal, wenn man die Aufmerksamkeit der verehrten Dame auf sich lenken will. Man sollte sich schon etwas anderes einfallen lassen.

Ohne Absprache legen sich die Konkurrenten die gleiche ausgeklügelte Eroberungsstrategie zurecht. Wer meint, dass es hier um die typischen Blumen und Einladungen für die Dame geht, der liegt völlig daneben.

Im Mittelpunkt des Umwerbens steht nämlich nicht mehr die Dame selbst, sondern ihre Tochter, eine Grundschülerin. An sie, und nur an sie, wenden sich jetzt die beiden Leidgeplagten. Denn wenn es auf dem direkten Weg nicht funktioniert, muss man es über Umwege versuchen. Deswegen darf ich auf Witalijs Gepäckträger über die Straßen des Städtchens fahren, auf seinem und Wiktors Rücken reiten, mit Wiktor ausgelassen zu *ABBA* tanzen und rumblödeln, mit Witalij Zaubertricks üben und mit Wiktors Kindern spielen.

Witalij geht sogar noch weiter. Er widmet mir Gedichte, er zeichnet mit mir, er macht Fotocollagen für mich, er schenkt mir ein Fahrrad. Aber alle Mühe ist umsonst, und eines Tages gibt er auf. Nur die expressiven Landschaften in schmutzigem Graubraun, die die Wände unseres Hauses schmücken, erinnern mich jeden Tag an Witalij.

Auch für Wiktor sieht es nicht gut aus. Selbst seine kunstvollen Tanzeinlagen können nichts daran ändern. Wie es in solch schwierigen Situationen oft der Fall ist, erinnert sich Wiktor plötzlich an seine Ehefrau. Die Ehefrau von Wiktor ist fast zwei Köpfe größer als ihr Mann, vollbusig und schlank. Das dichte rote Haar reicht ihr bis zum Hintern. Ihre Augen leuchten grün und beinahe außerirdisch. Das weiß die Ehefrau von Wiktor ganz genau. Ebenso weiß sie, welche Wirkung sie auf Männer hat. Selbst die dominante Nase stört da nicht.

Wiktors Frau ist auch eine Malerin und somit kreativ. Bei der Themenwahl ist es aber vorbei mit ihrer Kreativität. Denn alle ihre Bilder zeigen eine einzige Person, nämlich diejenige, die Wiktors Frau täglich im Spiegel sieht. Das macht aber nichts. Ihre Selbstporträts sind sehr beliebt und verkaufen sich wie warme Semmeln. Sie kosten allerdings auch genauso wenig. Die Käufer sind Liebhaber von Wiktors Frau oder solche, die es noch werden wollen. Und das sind nicht wenige.

Also erinnert sich der zunehmend ratlose Wiktor an seine Ehefrau, in der Hoffnung auf tatkräftige Unterstützung. Vielleicht hat sie ja eine Idee, wie er meine Mutter für sich gewinnen kann? Die Ehefrau denkt nach und hat einen genialen Einfall: Zunächst muss man sich kennenlernen. Und bald ist es auch so weit, die ganze Künstlerfamilie kommt zu Besuch, und während ich mit dem künstlerischen Nachwuchs spiele, werden im Wohnzimmer zukunftsweisende Dinge besprochen.

Wiktors vierköpfige Familie bewohnt eine kleine Zweizimmerwohnung in einem gesichtslosen Plattenbau. Dafür gibt es fließendes Wasser und ein Dach über dem Kopf, durch das es selbst bei Regenwetter nicht reintropft. Das gefällt meiner Mutter. Sie würde glatt mit den Eheleuten tauschen. Geschenkt, dass es dort deutlich weniger Platz gibt, und was für eine glückliche Fügung, dass Wiktors Frau auf romantische Häuser steht, selbst wenn man im Freien scheißen muss! Alles kein Problem, zumal es noch dazu genug Männer auf dieser Welt gibt, die aushelfen können, wenn der eigene Ehemann zwei linke Hände hat. Also abgemacht. Es wird getauscht, umgezogen, umgebaut.

Oder etwa doch nicht?

Nach einer Woche steht die Künstlerfamilie wieder vollzählig auf der Matte. Umentschieden hat sie sich, es gibt doch keinen Tausch. Zu umständlich ist es, zu aufwendig, zu kompliziert. Außerdem ist fließendes Wasser im Haus doch etwas Praktisches, das muss man schon sagen. Und die warme Toilette sowieso. Schade eigentlich, doch man kann eben nicht alles haben.

Oder doch?

Und das ist der richtige Augenblick, um die Karten endlich auf den Tisch zu legen. Wiktors Frau hat nämlich längst eine blendende Idee. So etwas fällt nicht jedem ein, selbst wenn er Künstler von Beruf ist.

»Lasst uns doch zusammenziehen!«, sagt Wiktors Frau und hypnotisiert meine Mutter mit dem außerirdischen Blick, der ein wenig wie ein Schlafzimmerblick aussieht. Und bevor meine Mutter zu sich kommt, fährt Wiktors Frau begeistert fort: »Denk mal genau nach, wie schön das wird! Wir werden eine Wohnung und ein Haus haben, drei Kinder und einen Mann! Unsere Kinder werden eine Großmutter und deine Tochter wird einen Vater bekommen. Ist das nicht wunderbar?«

Die Idylle scheitert an meiner Entscheidung. Ich bin da-

gegen. Nicht dass mich das Projekt nicht fasziniert, doch die Großmutter will ich mit niemandem teilen.
Und die Großmutter denkt genauso.

DIE PLANUNGSABTEILUNG

Die Planungsabteilung ist der Motor, ja die treibende Kraft der Bibliothek. Und da die Kraft von Natur aus weiblich ist, besteht die Planungsabteilung ausschließlich aus Frauen.

Sechs Schreibtische reihen sich paarweise entlang der Fensterfront. Auf der anderen Seite stehen zwei Schreibmaschinen auf einem gesonderten Tisch, ein Sessel, ein großer Spiegel zum Haarerichten und Schminken, daneben ein Papageienkäfig, ein Käfig mit Kanarienvögeln sowie einer mit Wellensittichen, damit die Bibliothekskatze etwas zu fressen hat. Dann noch ein Telefon für alle, ein Esstisch, ein Schrank mit Teezubehör. Eine Tür führt in ein anderes Zimmer, das die zwei restlichen Tische mit je einer dazugehörigen Mitarbeiterin beherbergt.

Und so unterschiedlich die Frauen auch sein mögen, haben sie doch viel gemeinsam. Verheiratet sind nur zwei von ihnen, ausgerechnet diejenigen, die in dem Nebenzimmer sitzen. Natürlich war das kein Auswahlkriterium, sondern purer Zufall. Dafür sind die sechs Frauen aus dem Papageienzimmer ledig und alle außer meiner Mutter von einem unerfüllten Kinderwunsch geplagt. Gesundheitliche Probleme sind nicht der Grund, sondern der fehlende Erzeuger. Allerdings sind die Frauen selber schuld, denn meine Mutter, die als Einzige in diesem Zimmer das Mutterglück genießt, hatte ihren Kolleginnen in dieser Angelegenheit gerne helfen wollen. Sie hatte sogar versucht, meinen Vater zu diesem Zweck mit ihrer jungen Kollegin Ludmila in Kontakt zu bringen. Immerhin hatte sich Ludmila vorher bei meiner Mutter erkundigt, wo man solche hübschen schwarzhaarigen Mädchen mit lockigen Haaren herbekommen könnte. Mein Vater Akbar, dem ich offensichtlich ähnlich sehe und den ich damals nicht persönlich kannte, war von der Idee begeistert. Denn Ludmilas junges Alter ist nicht ihre einzige Stärke. Mit ihrer porzellanfarbenen Haut, rosigen Wangen und kurvigen Formen gehört sie eindeutig zu dem Frauentyp, den Akbar und seine Landsleute insgeheim favorisieren. Aber entweder war Ludmilla zu schüchtern oder Akbar nicht entschlossen genug. Wie dem auch sei, das Treffen kam nicht zustande, und Ludmilla blieb vorerst kinderlos.

Einer anderen von der Sehnsucht nach einem Kind geplagten Kollegin namens Lena schlug meine Mutter kurzerhand den Bibliotheksmaler Wassily Viktorowitsch als Erzeuger vor. Als Belohnung versprach sie Lena, dass das Kind die tiefblauen Augen des Malers erben würde. Aber auch Lena war übermäßig schüchtern und wartete wohl zudem noch auf die ganz große Liebe. Eigentlich nicht verkehrt, doch der Plan hatte einen Haken: Lena verbrachte schließlich täglich acht Stunden in einem rein weiblichen Team. Die Planungsabteilung hatte auch keinen Umgang mit den Besuchern, sodass die Kolleginnen aus der Bibliothek und den Filialen die einzigen Kontaktpersonen während der Arbeitszeit darstellten. Möglichkeiten zum Ausgehen gab es nur wenige, und Bekanntschaften in den öffentlichen Verkehrsmitteln waren nicht Lenas Sache.

Meine Mutter versuchte mehrere Jahre, Lena verständlich zu machen, dass die Initiative von ihr ausgehen müsse. Das sah Lena jedoch nicht ein, träumte weiter und ihr Kinderwunsch blieb für immer nur ein Traum. Diesen Umstand teilte sie mit Valentina, einer Frau mit Modelmaßen und einem Gesicht, das selbst Haute-Couture-

Macher beeindrucken würde. Gott beschenkte Valentina reichlich, aber es nützte nichts. Valentina schämte sich insgeheim für ihr ungewöhnliches Aussehen, für ihre unmoderne Schlankheit, die langen Beine und den Lockenschopf. Ihre Kleidung war stets dezent bis bieder, ihre Haltung leicht gebeugt und ihre Verlegenheit tarnte sie als Ironie, die sich mal als ein verschmitztes, mal als ein spöttisches Lächeln oder als zweideutige Bemerkung zeigte.

Valentina gegenüber sitzt Tatjana. In ihrem hellbraunen Haar glänzen die ersten grauen Strähnen. Ihre Gesichtszüge kann sich keiner merken, denn wenn man es wagt, Tatjana anzuschauen, wird man sofort von ihrem Blick hypnotisiert. Ihre großen Augen sind blaugrün wie ein Waldteich. Und auch Tatjana hat keine Kinder, dafür aber zwei große Hunde. In ihrem Haus gibt es nur ein einziges winziges Zimmer, das Wohn-, Schlaf- und Esszimmer zugleich ist. Eigentlich zu wenig Platz für Tatjanas Dreipersonenhaushalt. Das Zimmer ist voller Hundehaare und riecht entsprechend. Das ist selbst ihrem tierlieben Freund, einem Fotografen, zu viel. Seine eigene Wohnsituation ist zwar etwas besser, aber nicht wesentlich. Die Zweizimmerwohnung teilt der Fotograf mit seiner Mutter, einem erwachsenen Bruder sowie einer Unmenge von Fischen, Papageien und Kanarienvögeln. Aus diesem Grund scheitert die Beziehung, und Tatjana bleiben nur ihre beiden Hunde.

Eines Tages erzählt meine Mutter den Kolleginnen, dass ich mir eine schwere Bronchitis eingefangen hätte und sie deswegen am nächsten Tag nicht arbeiten könne. Tatjana ist empört. »Sie bekommen ja zumindest eine Arbeitsunfähigkeitsbescheinigung!«, sagt sie.

Meine Mutter wundert sich: »Was ist denn so besonders daran? Bekommen Sie etwa keine?«

»Nein, wenn meine Hunde krank werden, bekomme ich nichts!«, antwortet Tatjana beleidigt.

In dem kleinen Raum nebenan sitzt Mila Antonowna, eine betagte Dame mit weißen Haaren. Ihr Mann, inzwischen pensioniert, hatte einen höheren Posten beim Militär. Mehrere Jahre lebte das Ehepaar in der DDR, und Mila Antonowna war in dieser Zeit von Militärehefrauen umgeben. Eine Art Elite, oder zumindest hielten sie sich dafür. Sogar die Ehefrau des sowjetischen Konsuls gehörte zu diesem vornehmen Kreis. Das elitäre Umfeld beeindruckte Mila Antonowna, die ursprünglich aus der tiefen russischen Provinz kam, wenig. Selbst nach den Jahren in gehobenen DDR-Kreisen versteckte sie das Bargeld in ihrem BH, klaute Toilettenpapier aus der Bibliothekstoilette und rülpste während des gemeinsamen Speisens in die Handfläche.
Irgendwann reiste sie noch einmal in die DDR, um sich zusammen mit ihrem pensionierten Mann an die besseren Zeiten zu erinnern. Zwei Wochen später kehrte Mila, sichtlich verjüngt und glänzend, in die Bibliothek zurück.
»Sie sehen ja blendend aus, Mila Antonowna!«, meinte die Bibliotheksdirektorin am Mittagstisch.
»Das ist kein Wunder!«, lächelte Mila Antonowna, »schließlich habe ich dort jeden Tag geduscht. Und die Seife gab es in unserem Hotel kostenlos!«

OLGA

Meine Freundin Olga ist überdurchschnittlich klein. Sie hat dünnes, schnell fettendes schulterlanges Haar und Schlitzaugen, dafür aber perlweiße Zähne und kräftige, lange Fingernägel. Zwei Eigenschaften, für die ich sie insgeheim beneide. Olga ist der Auffassung, dass man Fingernägel mithilfe von Salzbädern stärken kann, und fragt mich jedes Mal, wenn wir uns treffen: »Und? Hast du sie endlich mal ins Salzwasser getaucht?«

Olga ist kein gewöhnliches Mädchen. Sie hat weder Mutter noch Vater. Sie lebt mit ihren Großeltern in einer kleinen Zweizimmerwohnung in einem Plattenbau. Olga war zwei Jahre alt, als ihr Vater ihre zwanzigjährige Mutter und ihre kleine Schwester umgebracht hat. Nun sitzt der Vater noch immer im Gefängnis, und Olga träumt davon, ihn kennenzulernen.

Die Großeltern von Olga sind noch relativ jung, obwohl man es ihnen nicht ansieht. Die Oma ist zweiundfünfzig, der Opa ist fünf Jahre älter. Die Großmutter ist noch kleiner als Olga, sie arbeitet in einer Sonderschule oder besser gesagt in einem Internat für leicht geistig behinderte Kinder. Der Opa, eigentlich bloß der Ehemann der Oma und somit nicht mit Olga verwandt, ist Angestellter eines geheimnisvollen Ministeriums. Wenn er morgens aus dem Haus geht, hat er stets einen schwarzen Aktenkoffer dabei. Im Winter trägt er eine besondere Mütze aus schwarzem Ziegenfell. Solche Genossenmützen werden gern von Mitgliedern der Kommunistischen Partei getragen. Außerdem hat der Opa zwei Söhne, die beim KGB arbeiten.

Wenn ich bei Olga zu Besuch bin, hat ihre Oma immer denselben geblümten Filzmantel an. Der Opa ist dagegen sehr spärlich, meist nur mit Unterhemd und Unterhose bekleidet. Die Oma und der Opa von Olga führen fünf Tage in der Woche ein gewöhnliches Angestelltendasein. Aber von Freitagnachmittag bis Sonntagabend dürfen sie das Leben in vollen Zügen genießen. Freitagabends fangen sie an zu trinken und sind am Samstagmorgen so voll, dass sie sich kaum noch bewegen können. Während der Sauforgien kümmert sich Olga um sie. Sie kauft Wodka und Zigaretten ein, sie wischt Erbrochenes weg, sie wechselt die Bettwäsche. Ab Sonntagmorgen sollen die beiden langsam zu sich kommen, um ab Montagmorgen wieder die braven Angestellten zu sein. Deswegen serviert Olga Sauergurkenmarinade, ein in der Volksmedizin beliebtes Antikatermittel.

»Eines Nachts habe ich Schreie gehört«, erzählt Olga. »Ich habe mich tierisch erschrocken und dachte, Oma und Opa würden heftig streiten. Ich stürmte ins Schlafzimmer und machte das Licht an. Aber sie fickten bloß, stell dir vor, sie fickten!«, wiederholt Olga mit einem dümmlichen Lächeln. »Ich habe es dem Nachbarn Dimka erzählt. Er sagte, das sei unmöglich, der Opa würde doch keinen hochkriegen. Aber sie haben gefickt ...«

Eines Tages übernachte ich bei Olga. Außer mir ist noch ein Gast da, Olgas Onkel. Ich habe ihn noch nie zuvor gesehen, was auch kein Wunder ist: Er saß mehrere Jahre wegen Diebstahls ein. Vor zwei Monaten wurde er entlassen, seitdem wohnt er bei Olga und ihren Großeltern. Er hat die Wohnung kunstvoll renoviert, ein Porträt seiner Mutter gemalt, er kauft ein, er spült schmutziges Geschirr und zum obligatorischen Wochenendsaufen leistet er einen tatkräftigen Beitrag.

In der Nacht reißen uns Schreie und Lärm aus dem Schlaf. Der Lärm kommt aus dem Flur. Da wird getobt und lautstark geschimpft.

»Ich bringe Sie um, Sie altes Arschloch!«, brüllt eine Männerstimme.
»Dafür reichen deine Eier nicht aus, *mein Sohn*«, antwortet eine zweite Stimme ruhig. Plötzlich schreien mehrere Leute gleichzeitig. Irgendetwas knallt zu Boden.
Dann klingelt es an der Tür, und eine hohe Frauenstimme ertönt: »Aufhören! Sonst rufe ich die Miliz!«
Als es ruhiger wird, schleichen wir vorsichtig aus dem Zimmer. Auf dem Boden im Flur liegt Olgas Opa in einer Blutlache, wie immer nur mit Unterhose bekleidet, aus der die purpurroten und bloß mit ein paar grauen Haaren bedeckten Eier herausschauen. Olgas Onkel versperrt uns mit erhobenem Küchenmesser den Weg und fordert uns auf, in unser Zimmer zurückzugehen.
Wie die meisten Bewohner des Städtchens haben Olgas Großeltern keinen Telefonanschluss. Während Olgas Onkel seine Mutter und die Nachbarin einschüchtert, renne ich auf die Straße zu einer Telefonzelle. Die Zelle riecht streng nach Urin, die Glasscheiben fehlen, die Wände sind mit Schimpfwörtern vollgekritzelt. Meist geht es um männliche und weibliche Geschlechtsteile in verschiedenen Variationen. Der Boden ist mit Schalen von Sonnenblumenkernen übersät. Was für ein Glück, dass der Telefonhörer noch da ist. Nach ein paar Freizeichen meldet sich jemand am anderen Ende der Leitung.
»Hallo?«
»Hallo«, sage ich aufgeregt, »der Onkel meiner Freundin bringt gerade ihren Opa um. Können Sie schnell vorbeikommen?«
»Familienprobleme solltet ihr selber klären«, antwortet eine verschlafene Männerstimme. Dann legt der tüchtige Milizionär auf.
Von großer Angst erfüllt gehe ich zurück zu Olga, die in ihrem Zimmer eingesperrt ist. Inzwischen ist es ruhiger

geworden. Der Onkel ist nicht in Sicht. Der Opa sitzt, immer noch halbnackt, auf der Bank im Flur und starrt ins Leere. Seine Unterlippe besteht aus zwei Einzelteilen. Blut rinnt sein Kinn herunter und tropft auf den Boden.
Olgas Oma ist kaum ansprechbar. Ich schiebe es auf den Schockzustand, dann merke ich, dass sie stockbesoffen ist.
Die Nachbarin, Tante Tanja, selbst nicht ganz nüchtern, bringt den Opa ins Krankenhaus. Bis zum Krankenhaus sind es gut fünf Kilometer Fußmarsch.
Ein paar Wochen später macht dem Opa die genähte Lippe endlich nicht mehr zu schaffen. Der Onkel sitzt wieder wegen Diebstahls und versuchten Mordes ein. Die Oma hat sich Urlaub genommen und ertränkt Frust und Trauer in Wodka. Der Opa ist gut gelaunt. Wenn Olga und ich in ihrem Zimmer sind, schaut er, unverändert nur mit Unterhose bekleidet, ab und an rein:
»Uuuuh, ich hätte dich so gerne mal ...«, sagt der Opa zu mir.
»Vergiss es, du kriegst eh keinen hoch.«
»Doch, bei so einem süßen Fötzlein wäre er die ganze Nacht steif«, sagt der Opa und schmatzt mit der genähten Lippe.
Mit großer Mühe und energischem Einsatz von Händen und Füßen gelingt es Olga, den lüsternen Opa aus dem Zimmer zu schmeißen.
Die Szene wiederholt sich mehrfach.

DER GEHEIMNISVOLLE BRIEF

Eine meiner Lieblingsbeschäftigungen ist es, zu dem großen dunkelgrünen Briefkasten am Ende des Gartens zu laufen. Wenn keine Zeitung aus dem Spalt herausragt, klopfe ich an der kalten Metalloberfläche. Klingt es dumpf, wartet irgendwas darin. Diesmal ist es nicht eindeutig. Ich schließe den Briefkasten mit dem Schlüssel auf. Da liegt ein einzelner Brief. Er ist für meine Mutter. Den Absender kenne ich nicht. Der Poststempel stammt aus Riga, aber dort haben wir weder Verwandte noch Freunde. Die Neugier wird unerträglich. Ich stecke den Brief in meine Jackentasche und renne damit zum Plumpsklo. Ich schließe mich im Klohäuschen ein, setze mich und mache etwas völlig Unmögliches: Ich öffne den Brief, der an meine Mutter adressiert ist. Da stehen folgende Zeilen:

Sehr geehrte Frau N.,
wir haben einen Partnervorschlag für Sie. Robert M., 44 Jahre, Wohnort: Riga, Schulabschluss: mittlere Reife, Beruf: Telekommunikationstechniker, Nichtraucher, eigener Haushalt, geschieden, Kinder: eine Tochter, 16 Jahre alt.

Und dann weiter:

Sofern Sie es wünschen, leiten wir Ihre Kontaktdaten zwecks Kontaktaufnahme an Herrn M. weiter.

Robert aus Riga? Welcher Robert? Was für ein Partnervorschlag? Woher kommt bloß dieser Brief? All das muss ich herausfinden. Am besten sofort. Ich gehe zurück ins

Haus und löchere Großmutter mit Fragen. Sie gibt sich ahnungslos. Weiß sie wirklich nichts, oder tut sie nur so? Ich winke mit dem schriftlichen Beweis vor ihrer Nase, sie reißt mir den Brief aus der Hand. Sie ist verärgert. Ich hätte den Umschlag nicht öffnen dürfen.
Ein paar Stunden später kommt Mutter von der Arbeit zurück. Mit einem vorwurfsvollen Blick reicht ihr Großmutter wortlos den Brief.
»Was ist das?«, fragt Mutter verwundert.
»Das würde ich auch gerne wissen«, sagt Großmutter.
Mutter liest den Brief, und es scheint, als wäre sie gar nicht so überrascht. Großmutter macht Druck.
»Lass mich den Brief wegschmeißen!«, fordert sie. »Der ist doch ungebildet! Und geschieden dazu! Wozu brauchst du diese Bekanntschaft?«
»Lass mich bitte allein entscheiden, was ich brauche und was nicht«, antwortet Mutter trocken, »schließlich bin ich alt genug.«
»Macht doch, was ihr wollt!« Großmutter ist beleidigt, sie dreht sich um und geht breiten Schritts in die Küche. Man hört irgendetwas knallen und wie Großmutter schimpft.
Meine Mutter ist so sauer, dass ich mir weitere Fragen verkneife. Das Geheimnis lüftet sich erst einige Zeit später.
In unserem Haus gibt es keinen Telefonanschluss. Aber irgendwann, kurz nach Feierabend, als alle Kollegen und Kunden verschwunden sind, klingelt das Telefon in der Bibliothek, in der meine Mutter arbeitet. Robert ist am Apparat. Russisch spricht er mit lettischem Akzent. Er ist sehr aufgeregt. Meine Mutter allerdings weniger. Insbesondere, als sich herausstellt, dass Robert und sie kaum Gemeinsamkeiten haben. Diese Feststellung folgt auf die Frage, wann und wo sich die beiden treffen sollen.

Logisch wäre, dass der Kandidat der Dame einen Besuch abstattet. Aber das stellt sich Robert anders vor.
Es ist Frühling, Anfang April. Da hat er viel Arbeit vor Ort. Draußen. Sein Gemüsegarten wartet schon. Die Beete müssen vorbereitet, das erste Saatgut gepflanzt werden. Außerdem muss er sein Auto warten. Auch das macht der handwerklich begabte Robert selbst. Eigentlich ein richtiger Mann. Jedoch nicht für meine Mutter. Bei Männern schätzt sie beinah nur eine einzige Eigenschaft: Intellekt. Und dazu gehört selbstverständlich eine literarische Bildung. Echte Männer lassen sie kalt. Meine Mutter übersieht nur, dass sie dafür in der Realität weitaus bewanderter sind.
Also verabschiedet sich meine Mutter höflich von dem Kandidaten und sagt ihm noch freundlich, aber bestimmt, dass ihre Interessen weit auseinander liegen. Dann schreibt sie einen Brief an jene Agentur, die es wagte, diesen ungebildeten Robert an sie zu vermitteln. Und das, obwohl sie ganz klar und deutlich angegeben hat, dass der in Frage kommende Mann mindestens einen Hochschulabschluss, besser noch einen Doktortitel haben soll. Darüber hinaus ist sein Wohnort alles andere als um die Ecke.
Ihre Wut wächst mit jeder Zeile, die sie zwecks besserer Lesbarkeit auf ihrer Schreibmaschine tippt. »Wie können Sie es wagen, älteren Leuten derart den Kopf zu verdrehen?«, fragt sie empört. Dabei sind die »älteren Leute« jeweils vierundvierzig und siebenundvierzig Jahre jung. Zum Schluss kündigt sie der Agentur jegliche weitere Zusammenarbeit und besiegelt das Schreiben mit ihrer expressiven Unterschrift. Dabei zerreißt die Spitze des Kugelschreibers das Papier.
Die Agentur antwortet prompt und erstattet sogar die Gebühren zurück. Aber das Honorar für Robert behält

sie ein. Und das ist auch vollkommen richtig. Weil Robert nämlich nicht aufgibt und meine Mutter mit erstaunlicher Beharrlichkeit regelmäßig anruft. Dabei erfindet er viele für das russische Ohr ungewöhnliche Verniedlichungen ihres Vornamens. Und einen Monat später kapituliert meine Mutter. Im Mai fährt sie für ein Wochenende nach Riga. Leider allein, da keine ihrer Freundinnen zu dem Zeitpunkt mitfahren kann.

ROBERT

Auf der Strecke Moskau-Riga fahren zwei Züge. Beide sind komfortabel. Der eine jedoch mehr als der andere. Hinzu kommt, dass einer der beiden fast doppelt so lange fährt wie der andere. Es ist Mai, und es sind so gut wie keine Tickets mehr im Verkauf. Viele Russen reisen zu dieser Zeit ins nähergelegene europäische Ausland, das gar kein Ausland mehr ist. Besser gesagt: in die baltischen Republiken der Sowjetunion. In so einer Situation ist man froh, überhaupt ein Ticket ergattert zu haben. Natürlich für den Zug, der im Schneckentempo fährt.

Als meine Mutter nach zwanzig Stunden in Riga ankommt, hofft sie, dort einen Mann nordischen Typs anzutreffen. Einen großgewachsenen, blonden Mann mit blauen Augen. So soll ein typischer Lette doch aussehen, oder etwa nicht?

Und tatsächlich, Robert ist groß, hat breite Schultern und trägt eine braune Hose, einen grauen Pulli und irgendwelche Schuhe. Die Haarbüschel, die aus Roberts Nase und Ohren herausragen, bemerkt meine Mutter nicht. Dafür aber den altmodischen Hut samt den tiefsitzenden kleinen Augen darunter. Sofortige Rückreise? Geht nicht. Stattdessen steht gemeinsamer Zeitvertreib auf dem Plan. Das hat meiner Mutter gerade noch gefehlt. Immerhin: Im Theater läuft diese Woche ein Stück, das sie sich ohnehin gerne ansehen wollte. Das ist doch sinnvoll, damit kann sie sich arrangieren.

Als sie zu Robert nach Hause kommen, läuft ein junges blondes Mädchen an ihnen vorbei die Treppe hoch. »Meine Tochter«, erklärt Robert beiläufig, »sie wohnt zwei Etagen höher.« Die Nacht verbringt der höfliche Robert auf dem Küchenboden. Meiner Mutter hat er die Schlafcouch in dem einzigen Zimmer vorbereitet.

Als sie am nächsten Abend ihre Sachen packt, beobachtet er sie mit einem traurigen, nachdenklichen Blick.

»Was werde ich bloß machen, wenn Sie weg sind?«, fragt er mit einer plötzlich zitternden Stimme. »Sie sind so nett …«

Und das erweicht meine Mutter zum zweiten Mal. Diesmal vollständig. Im Juli nimmt sie mich sogar mit nach Riga, im September wird sie Roberts Frau. Ihre überraschende Eheschließung macht auch anderen Mut. Als Nächstes heiratet meine Tante, gefolgt von Onkel Dima, einem alten Klassenkameraden meiner Mutter. Beide Ehen werden ebenfalls schon ein paar Monate nach dem ersten Treffen geschlossen.

ROBERT ZIEHT EIN

Nun lebt Robert mit uns zusammen. Über unsere Bekannten hat er sogar direkt einen neuen Arbeitsplatz gefunden: Er wartet die Alarmanlagen bei der Miliz. Weil das für ihn Neuland ist, breitet er jeden Abend komplizierte Schemata auf dem Wohnzimmertisch aus und betrachtet sie durch eine starke Lupe. Seine Augen sind dabei halb zugekniffen. Von Brillen hält er nichts.

Es ist seltsam, wenn es plötzlich einen Mann im Hause gibt. Spannend irgendwie, als wäre immer jemand zu Besuch. Aber besonders lustig ist Robert eigentlich nicht, eher wortkarg und nicht übermäßig freundlich. Vielleicht hat er mir mein bockiges Verhalten in Riga übelgenommen. Woher soll er, Robert, auch wissen, dass ich überraschend meine erste Periode bekam und außerdem jeden Tag meine Schulliebe vermisste. Aber was soll's. Blöd ist dieser Robert, und dabei hat er doch selbst eine Tochter. Da hätte ich mehr Verständnis erwartet. Ich würde mich gern mit ihm unterhalten, doch das beruht nicht auf Gegenseitigkeit.

Nun, nicht immer ist Robert so grimmig, wie es scheint. Manchmal ist er dann doch recht amüsant. Als ich ihn einmal im Garten beobachtete, stand er neben der Leine, an der die Unterwäsche meiner Mutter hing. Er nahm eine Unterhose von der Wäscheleine, vergrub seine Nase darin, schnupperte genüsslich, atmete tief ein und sagte: »Wie sehr ich diese Dinger doch liebe!« Dabei grinste er über das ganze Gesicht und sah sehr albern aus.

Ansonsten hat sich mit Roberts Einzug einiges verändert. Der gusseiserne Wasserspender ist jetzt Geschichte. Stattdessen ziert ein grünes Waschbecken unsere Küche. Der

Eimer zum Auffangen des verbrauchten Wassers ist auch nicht mehr da. Wozu auch, wenn es nun eine Abflussgrube gibt? Einen echten Wasseranschluss einzurichten wäre viel zu kompliziert gewesen, stattdessen hat der Stiefvater ein Reservoir in die Wand eingelassen. Jetzt muss man nur noch ab und zu ein paar Treppenstufen hoch gehen und Wasser nachfüllen.

Eine weitere Neuerung nimmt zwar ein Drittel der Küche ein, ist aber ausgesprochen nützlich: Es handelt sich um eine echte Badewanne, die da auf krummen Füßchen an der Wand steht. Das Badewasser wird wie gewohnt auf dem Herd erwärmt, jedoch schafft die Badewanne die Illusion eines Badezimmers. Und da der Stiefvater keinen Gefallen daran fand, sich täglich von der alten, in die Jahre gekommenen Scheiße im Plumpsklo begrüßen zu lassen, hat er schnell ein riesiges Loch in die Erde gebuddelt und ein neues Häuschen daraufgesetzt.

Sein Auto musste Robert in Riga zurücklassen, und auch den Gemüsegarten konnte er nicht mit nach Russland nehmen. Aber das musste auch gar nicht sein, denn es war sowieso Liebe auf den ersten Blick: mein Stiefvater und unser Grundstück. Warum verlässt man schon sonst die wunderschöne lettische Hauptstadt am Meer? Und welcher Trottel würde den unvergleichlichen Charme jener Altstadtgassen gegen die schmutzigen und vermüllten Straßen unseres Städtchens eintauschen? Nur die Liebe kann einem den Kopf so verdrehen, dass man all das übersieht. Armer Stiefvater, er war ganz offensichtlich sehr einsam in Riga! Aber gut, unser großer Garten ist ja auch nicht schlecht. So kann Robert in der wärmeren Jahreszeit seinem wichtigsten Hobby nachgehen: dem Gemüseanbau.

Den alten Brunnen wieder freizuschaufeln ist eine mordsmäßige Arbeit. Und davon gibt es im Haus auch sonst mehr als genug. Deswegen schleppt der Stiefvater Gießwasser aus dem Pumpbrunnen heran. Er hat eine neue, breite Karre gebastelt, mit der er nicht nur ein paar Eimer, sondern gleich ein paar große Wassertanks nach Hause rollen kann. In den riesigen alten Metallfässern, die im Garten stehen, sammelt sich zudem Regenwasser zum Gießen. Und so dauert es nicht lange, bis das Gemüse zum Neid aller Nachbarn wächst und gedeiht. Gigantische Kürbisse, die meine Mutter nach einem alten lettischen Rezept mariniert, Weißkohl, aus dem die Großmutter Kohlsuppe und Sauerkraut zaubert, Rote Bete, die wichtigste Zutat eines leckeren Borschtsch, mehrere Arten von Zucchini, Strauchtomaten, stachelige Gurken, Kartoffeln, Möhren, Erbsen, Blumenkohl, der leider von Raupen zerfressen wird, Radieschen, allerlei Kräuter, dann einige Beete mit Kopfsalat, den der Stiefvater eimerweise mit Schmand verspeist ...

Nur Eier und Fleisch wachsen nicht in unserem Garten. Schade irgendwie.

WASSJAS HAUS

Wassja wohnt noch nicht lange in unserem Städtchen. Vor einem halben Jahr kam er zusammen mit seiner Mutter und seinem Bruder aus Sibirien hierher. Jetzt wohnen sie in einer alten, verkommenen Holzhütte in der Nähe des Waldes.

Wassja ist lang und dünn. Er hat helle Kräuselhaare und Sommersprossen. Er stottert und schwitzt vor Aufregung, als ein Klassenkamerad ihn mir eines Tages vorstellt.

Wassjas älterer Bruder pendelt ständig zwischen Moskau und Sibirien. Aus seiner Heimatstadt bringt er Kaviar, Wurst und Fleischkonserven mit und verkauft die Waren mit Gewinn an verschiedene Moskauer Läden.

Wassjas Vater, ein Bergarbeiter, ist vor Wassjas Geburt verschwunden. Zunächst machte sich Wassjas Mutter nichts daraus, schließlich war es nicht das erste Mal. Wassjas Vater war ein erfahrener Alkoholiker. Seine Saufgelage liefen immer gleich ab: Zunächst wurde er lustig, dann liebesbedürftig, später argwöhnisch und zum Schluss aggressiv.

Wassjas Vater hatte eine breite Faust. Die Faust war blind und gierig. Wen oder was sie traf, war ihr egal, den Sohn, die Ehefrau, die Katze, den Hund, eine Fensterscheibe, eine Tür. Selbst Wassja, damals noch im Bauch der Mutter, bekam die Schläge zu spüren. Als der Vater kurz vor Wassjas Geburt verschwand, dachte seine Mutter, ihr Ehemann würde sich bei einem Saufkumpan aufhalten. Sie freute sich insgeheim.

Zwei Tage später kletterte Wassjas Bruder, damals zehn Jahre alt, auf den Speicher. An einem der Dachbalken war ein Haken befestigt und dort, unter der Decke, hing der

Vater. Um seinen Hals spannte sich eine Wäscheleine. Sein Gesicht war blaurot angelaufen, die Augen waren weit aufgerissen und glänzten seltsam. Der Mund war geöffnet, und man konnte sehen, wie die Zunge zwischen den Zähnen klemmte. Auf einem seiner geschwollenen Augenlider saß eine fette grüne Fliege.

Noch lange wurde darüber spekuliert, warum sich Wassjas Vater das Leben genommen hatte. Einige Leute meinten, dass Wassjas Vater damals gar nicht betrunken gewesen wäre. Im Gegenteil, vielleicht sei ihm eine Erleuchtung gekommen. Er habe mit aller Deutlichkeit die Armseligkeit um sich herum gesehen, die er bis dahin so erfolgreich mit Wodka hatte verdrängen können.

Seitdem trägt Wassjas Mutter ausschließlich dunkle Kleidung. Ihr schwarzes Tuch legt sie nie ab, auch dann nicht, wenn sie schläft. Manchmal, wenn sie an unserem Haus vorbeigeht, klopft sie an die Tür. Das passiert stets am Wochenende, wenn Großmutter das Mittagessen zubereitet. Dann unterhält sie sich so lange mit Großmutter, bis diese mit dem Kochen fertig ist, und sammelt die Kartoffelschalen, welke Weißkohlblätter und sonstige Reste ein. Zu Hause macht Wassjas Mutter anschließend Puffer aus den Kartoffelschalen. Aus dem übrigen Gemüseabfall kocht sie eine Suppe für sich und Wassja. Sie wirft die Zutaten ins Wasser, ohne sie vorher zu waschen. Wassja ekelt sich vor dem schmutzig-braunen Gebräu, nachts träumt er von den Fleischkonserven, die sein Bruder verkauft.

Als er größer ist, plündert Wassja mit seinen Freunden die Vorratskeller der Häuser. Er klaut eingelegte Gurken, Pilze, Tomaten, Konfitüre, Eier und Speck. Manchmal findet er auch Fleischkonserven, solche, wie sein Bruder sie verkauft und wie sie nie auf seinem Teller landen. Er bringt das Diebesgut nach Hause, verzieht sich in die Dachkammer und isst, bis er satt ist und auf einem weichen Ziegenfell in seinem Versteck einschläft.

DIE BROTFABRIK

Auf der anderen Seite der Eisenbahnschienen, direkt gegenüber von unserem Haus, ist die Brotfabrik. Das Fabrikgebäude ist sehr alt. Es ist weiß wie das Mehl, die Butter oder die Milch. Wenn die Sonne untergeht, wird es in warmes orangefarbenes Licht getaucht. Ich stehe oft am Fenster und schaue dem Sonnenuntergang zu. Immer wenn ich die Brotfarbrik in der abendlichen Sonnenglut sehe, packt mich eine unerklärliche Traurigkeit.

Mit fünfzehn werde ich bei der Brotfabrik angestellt. Da ich nebenbei noch Abitur mache, arbeite ich nur am Wochenende tagsüber, ansonsten in der Nachtschicht. Das Brot, das in der Brotfabrik gebacken wird, schmeckt säuerlich und sieht auch nicht appetitlich aus. Deswegen kaufen die Bewohner des Städtchens gerne das Moskauer Brot, wann immer sie die Gelegenheit dazu haben.

Die ersten paar Tage gilt es durch- und auszuhalten: die gähnende Langeweile und den Muskelkater. Ich stehe am Fließband, forme Teigstücke und reiche sie weiter. Acht Stunden lang – nur Teig und Fließband, Fließband und Teig. Dazwischen lautes Schimpfen der Arbeitskolleginnen. Nach Schichtende kann man ein Stück frisches Brot und unglaublich starken schwarzen Tee mit Zucker genießen. Dazu eine kräftige Umarmung vom Kollegen Sascha und einen bösen Blick der Teamleiterin. Nachts träume ich ausschließlich von Fließband und Teig, manchmal gesellt sich auch Sascha dazu.

Eines Tages ist es so weit: Ich darf am Fließband direkt vor dem Ofen stehen und die Brote hineinschieben und herausnehmen. Da es sich dieses Mal um Süßgebäck handelt, soll ich es vor dem Hineinschieben mit Eigemisch bepinseln und anschließend mit Zucker und Nüssen bestreuen. Ich mache es sehr gewissenhaft und streue reichlich Nüsse und Zucker. So wird das Brot bestimmt sehr lecker. Mein Fleiß entgeht nicht meiner älteren Kollegin, Tante Sweta, die bestimmt seit mindestens zwanzig Jahren bei der Brotfabrik beschäftigt ist. Sie sagt: »Hey, Nastja! Was soll das?! So reicht es im Leben nicht für die ganze Ladung!« Dann zeigt sie mir, wie man es richtig macht: ein paar Kristalle Zucker, ein bis zwei kleine Nusssplitter. Nach Schichtende gehe ich in die Garderobe, um mich umzuziehen. Der Schrank von Tante Sweta beherbergt zwei große Säcke. Es sind Zucker und Nüsse.

In der Brotfabrik wird nicht nur schlechtes Brot gebacken. Die Arbeiter rauchen, trinken und knutschen direkt vor dem Ofen, am Fließband stehend. Für diejenigen, die zu viel hatten, steht die sogenannte Zimmermannstube zur Verfügung. Dort können Alkoholisierte auf einer Bank liegen und langsam zu Bewusstsein kommen.

Wenn ich abends zur Nachtschicht eintrudle, werde ich vor der Fabrik von einem kleinen alten Mann begrüßt. Er sitzt vorm Eingang und raucht friedlich seine Papirossa. Er nimmt einen kräftigen Zug, der bläulich weiße Rauch steigt im schwachen Laternenlicht empor. Es ist Winter, und der Schnee reicht bis zu den Knien. Der alte Mann steht auf, lächelt mich an. Die wenigen noch im Mund verbliebenen Zähne sind schwarz. Er fragt mich, ob ich einen erwachsenen Mann befriedigen kann. Ich gehe weiter und antworte nicht. Am nächsten Tag wiederholt der alte Mann seine Frage und wird konkreter: »Nimm ihn ins Mündchen, bitte«, fleht er mich an. Mir wird übel, schnell renne ich in das Gebäude hinein. Da kommt mir plötzlich jemand aus der Zimmermannstube entgegen,

sein Gang ist unsicher, er stinkt unerträglich nach Alkohol, Tabak, Schweiß und faulen Socken. Er greift nach mir, stolpert, und wir fallen zusammen auf den schmutzigen Steinboden.
Meine Karriere bei der Brotfabrik wird bald vorbei sein. In einer Nachtschicht kommt der Ehemann meiner Lehrerin vorbei, Fotojournalist von Beruf und als solcher stets auf der Suche nach spannenden Geschichten. Ein imposanter, großer, bärtiger Mann. Die Mitarbeiter sind begeistert. Als Erstes erweist man dem Gast die Ehre und führt ihm die Zimmermannstube vor. Nach einer Flasche billigen Rotweins wird er in die Werkhalle entlassen, wo er mich bei der Arbeit fotografiert. Dann kommt Tante Sweta auf mich zu und flüstert aufgeregt: »Bring doch nächstes Mal ein paar solcher Bärtiger mit, damit es für alle reicht!«
Am nächsten Morgen erfährt die Direktorin der Brotfabrik davon und ist als Einzige alles andere als begeistert. Sie bittet mich in ihr Büro und teilt mir trocken mit, dass ich nie wieder hier arbeiten darf. Denn auch in ihrem Garderobenschrank verstecken sich einige große Säcke Zucker, Nüsse und Rosinen.
Wenige Monate später wird die Brotfabrik für immer geschlossen. Das Gebäude soll endlich wieder zu dem werden, was es ursprünglich war.
Zu einer Kirche.

DIE SCHLAMPEN

Eines Tages gehe ich mit Arina, der Tochter des Pfarrers, spazieren. Auf der Bank vor einem Wohnblock sitzt ein Mädchen. Sie ist ungefähr so alt wie wir, schlank und zierlich, ihr Haar ist blondiert und ihre Augen sind stark mit schwarzem Kajal betont. Das Mädchen trägt einen Minirock und schwarze Netzstrumpfhosen.

»Hi Arina«, sagt das Mädchen freundlich.

»Grüß dich! Alles klar?«, antwortet Arina.

»Wer war das?«, frage ich Arina, als wir uns ein paar Schritte entfernt haben.

»Eine Schlampe.«

»Woher weißt du das?«

»Das wissen alle. Sie trifft sich mit den Soldaten des Baubataillons.«

»Kannst du uns vorstellen?«

Arina schaut mich entgeistert an. »Was, bitte, hast du vor?«

»Ich will wissen, warum genau die Leute sie Schlampe nennen.«

Wir gehen zurück, und Arina stellt mich dem Mädchen vor. Sie heißt Dina. Wir verabreden uns für den kommenden Dienstag.

Am Dienstagabend klingelt es an der Tür. Es ist Dina. Aber sie ist nicht allein, sie hat zwei Freundinnen mitgebracht: Oksana und Lena.

Oksana ist ein Jahr älter als wir, sie ist sechzehn und rothaarig. Wenn sie spricht, schaut sie einen direkt an und wendet den Blick nicht ab. Dabei kneift sie ihre Augen oft leicht zusammen. Ihr spöttischer Blick ist eine Mutprobe.

Lena ist so alt wie Dina und ich. Sie hat kurze schwarze Haare, Pferdezähne und einen dichten Oberlippenbart. Ihr Nachname bedeutet »die Schöne«.
Wir gehen Richtung Flussufer, in der Nähe befindet sich das Baubataillon. Es ist ein warmer Juniabend, die Straßen versinken in einem Meer aus grünen Bäumen. Es riecht nach Linde, Hopfen und Spitzwegerich. Die Düfte vermischen sich zu einem betörenden Sommergeruch.
Mit einem Mal krümmt Dina sich und hält ihren Bauch. Sie schreit. Der Schmerz verändert ihre Stimme, sie klingt fremd.
»Gott, wann ist es endlich vorbei?«
»Dina, sollen wir den Rettungsdienst anrufen?«, fragt Oksana besorgt.
»Was ist los mit ihr?«, frage ich Oksana ratlos.
»Na, sie hat versucht, es mit Lorbeer zu vergiften!«
Ich muss schlucken. So sieht es also aus, wenn man eine Fehlgeburt provozieren will. Meine Großtante hat das vor fast fünfzig Jahren auch versucht. Es hat nicht funktioniert, aber mein Onkel ist von Geburt an extrem kurzsichtig gewesen.
»Sie ist im vierten Monat«, sagt Oksana. »Sie versucht es schon seit ein paar Wochen immer wieder, aber bisher ist nichts passiert.«
Wir setzen uns auf die Bordsteinkante. Dina wirkt benommen. Um sie zu beruhigen, plaudert Oksana munter weiter aus dem Nähkästchen. »Bei mir hat es fünf Monate gedauert. Dann flutschte es in der Badewanne aus mir heraus«, erzählt sie ruhig, und ihre schmalen Lippen verziehen sich zu einem spöttischen Grinsen.
»Es hat geblutet wie verrückt.«
»War es hässlich?«, fragt Lena neugierig. »Hatte es eine Glatze?«
»Nein, es hatte schon Haare. Es sah seinem Vater ähn-

lich«, antwortet Oksana mit Mutterstolz. Ich stehe auf. Ich will weg. Sie halten mich auf.
Plötzlich werden in der Ferne zwei Gestalten sichtbar. Je näher sie kommen, desto misstrauischer schauen die drei Mädchen. Am Rand der leeren Autostraße kommen zwei Männer auf uns zu. Schon kann man ihre Gesichter erkennen.
»Der Grüne und der Struppige!«, schreit Lena. »Mädels, los! Rennt!«
»Wer sind diese Typen?«, frage ich völlig durcheinander.
»Banditen!«, sagt Dina. »Sie haben es auf uns abgesehen! Schnell weg!« Wir rennen, was das Zeug hält.

Danach beschließe ich, nie wieder mit ihnen spazieren zu gehen. Das Versprechen halte ich nicht ein.

DINA

Mit Dina treffe ich mich im Geheimen. Wir verabreden uns entweder an der Straßenecke einige Hundert Meter von meinem Haus entfernt, oder ich gehe zu ihr nach Hause. Dann sitzen wir in der Küche, essen Spaghetti mit Ketchup und lassen es uns gutgehen. Ketchup ist echter Luxus. Bei Dina steht er nur deswegen im Kühlschrank, weil ihre Mutter in einer Kantine arbeitet.

Dina lebt mit ihrer Mutter und ihrem Stiefvater in einer Dreizimmerwohnung. Zwei der Zimmer werden von der Familie der Wohnungseigentümerin bewohnt, Dinas Familie hat das dritte Zimmer gemietet. Der Raum ist acht Quadratmeter groß und dient gleichzeitig als Wohn-, Schlaf-, Ess- und Gästezimmer. Da stehen ein Kleiderschrank, ein Tisch, ein Stuhl, Dinas Bett und eine gebrechliche, schäbige Ausziehcouch, auf der Dinas Mutter und ihr Stiefvater schlafen. Die beiden Schlafstätten trennt nicht mehr als ein Meter.

Dinas Eltern sind Alkoholiker.

»Hast du deinen echten Vater schon mal gesehen?«, frage ich Dina beiläufig.

»Natürlich«, antwortet sie traurig. »Als ich klein war, lebten wir noch mit ihm zusammen. Er hat mich immer in Schutz genommen, wenn meine Mutter mich geschlagen hat. Und meistens hat sie mich blutig geschlagen. Er sagte dann zu ihr: ›Wehe, du schlägst das Kind noch mal! Wenn das wieder passiert, schmeiße ich dich aus dem Fenster!‹ Danach wagte meine Mutter nicht mehr, mich anzurühren.«

Aber bald kommt der Vater ins Gefängnis und Dinas

Mutter wird fuchsteufelswild. Sie schlägt die Tochter ohne Anlass, sie schlägt sie aus Langeweile, sie schlägt sie einfach so. Sie schlägt, um ihren Frust loszuwerden.
Es ist das 1.-Mai-Fest. Dina ist sieben Jahre alt. Tante Walja, die Schwester ihres Vaters, kommt zu Besuch. Sie sitzen zusammen am Tisch, sie plaudern, sie essen verschiedene Leckereien, sie trinken. Dann geht das Mädchen auf den Balkon, um das Feuerwerk anzugucken. Plötzlich spürt sie einen Blick im Nacken. Sie dreht sich um. Es ist die Mutter. Reflexartig schlägt das kleine Mädchen die Hände vors Gesicht.
Dann geht es zu wie in einem Kinderlied: »Mit Fäusten, mit Fäusten, mit Ellenbogen, klatsch, klatsch, klatsch!« Kurze Zeit später ist der Betonboden blutüberströmt. Die Tante eilt herbei und fällt fast in Ohnmacht: »Was tust du bloß?«, fragt sie kraftlos. »Das ist doch nur ein Kind.«

Die Zeit vergeht, der Vater wird aus dem Gefängnis entlassen und lässt sich von Dinas Mutter scheiden.
»Die Tage schaute ich bei der Tante vorbei und fragte, wie es meinem Vater geht. Sie sagte, früher wäre es noch besser gewesen, aber nun wäre er wegen der Sauferei völlig heruntergekommen«, erzählt Dina, und dicke Tränen kullern über ihre Wangen. Dann sagt sie: »Weißt du, jetzt haben wir die Rollen getauscht. Jetzt nehme ich meine Mutter vor dem Stiefvater in Schutz. Wehe, er versucht ihr etwas anzutun!« Ihre Augen leuchten voller Wut und Hass: »Dann bringe ich ihn um!«

BESTRAFUNGEN

Dina, Oksana und Lena spielen eine Familie. Ihr Lieblingsteil des Spiels heißt Bestrafung. Dina und Oksana sind die Eltern. Lena ist das Kind. Die Eltern bestrafen, das Kind soll leiden. Je mehr, desto besser.
An einem Tag treffe ich das Kind zufällig in der Stadt. Unter dem linken Auge hat das Kind einen riesigen blauen Fleck. Sein Auge ist blutunterlaufen. Als das Kind schlief, waren die Eltern durch ein offenes Fenster in das Zimmer des Kindes eingedrungen. Sie sagten ihm, dass jemand auf es warte. Ein markanter, dicknäsiger Typ, ein Aserbaidschaner vom Baubataillon wolle Sex mit dem Kind haben.
Noch schlaftrunken schickte das Kind die Eltern zum Teufel. Genau genommen schlug es seinen Eltern vor, sich zu ficken.
Da wurden die Eltern wütend. Die Spuren ihrer Wut wird das Kind noch lange mit sich herumtragen. Und alle bekommen es mit.
Bei unserer nächsten Begegnung ist das Kind sehr traurig. Die Eltern haben es kahlgeschoren. Es schämt sich. Die Eltern schämen sich nicht.

CABARET

Eines Tages gehe ich zu Dina. Sie ist nicht allein, Oksana ist gerade zu Besuch. Sie führen eine rege Unterhaltung, das Thema ist spannend.
Vor ein paar Tagen kam Oksana aus dem Krankenhaus zurück. Sie hat eine Geburt einleiten lassen, sie war am Ende des sechsten Monats. Alle denken, es sei eine Frühgeburt gewesen. Den Mitpatienten tut Oksana sehr leid. Ein Mädchen wird geboren. Anderthalb Wochen lang lebt es in einem Brutkasten. Dann stirbt es und wird entsorgt.
Im Krankenhaus, draußen in der Raucherecke, lernt Oksana Andrej kennen, der wegen eines Oberarmbruchs auf einer anderen Station liegt. Auch er wohnt in der Nähe von Moskau, aber nicht in unserem Städtchen. Seitdem hat Oksana ihn bereits einmal besucht. Nun möchte sie Dina mitnehmen und sie mit einem Freund von Andrej bekannt machen.
Mich will sie auch mitnehmen. Ich willige ein.
Der Herbst kommt, und wir fahren nach Podolsk. Wir treffen uns in einem Keller, dann wechseln wir zu einem Dachboden, einem Spielplatz, einem Hinterhof, einem Treppenhaus, dem Bahnhof, einem Park. Außer uns dreien sind da noch zwei andere Mädchen und fünfzehn junge Männer. Wir haben einen Kassettenrekorder dabei, wir trinken Bier, wir rauchen, wir lachen. Es macht Spaß, Teil einer großen Clique zu sein.
Über Oksana und Dina wissen die jungen Männer so gut wie nichts. Sie wissen zum Beispiel nicht, dass das gesamte Baubataillon sie kennt.
Das nächste Mal fahren Oksana und Dina ohne mich.

Dafür nehmen sie Lena, die Schöne, mit. Irgendetwas haben Dina und Oksana im Vorfeld über Lena erzählt. Irgendetwas Unschönes. Irgendetwas soll Lena ihnen getan haben.
Sie lügen. Aber das wissen die jungen Männer nicht. Sie sind wütend. Irgendetwas tun sie Lena an. Ausschließlich um der Gerechtigkeit willen, versteht sich.
Später treffe ich mich wieder mit Oksana und Dina. Wir gehen zu Lena. Aber nach der Reise nach Podolsk weigert sie sich, Oksana und Dina die Tür zu öffnen.
Ich klingele. Nichts.
Ich klingele wieder.
Stille. Im Guckloch tut sich etwas.
»Ich bin es. Ich bin es nur.«
Lena öffnet die Tür. Aber da kommen schon Oksana und Dina dazu. Es gibt keinen Ausweg.
Wir fahren nach Podolsk. Wir sitzen im Zug. Die Sitze sind mit Kunstleder bezogen. Jemand muss sich hier vorhin gelangweilt oder geärgert haben, denn der Bezug ist brutal aufgerissen worden. Aus den hässlichen Löchern schauen vergilbte Schaumstofffetzen heraus, die Innereien der Bank.
»Was habt ihr eigentlich vor?«, frage ich Oksana unsicher.
»Das wirst du gleich sehen«, antwortet sie knapp.
Am Bahnhof warten Andrej und sein Freund Michail auf uns. Sie umarmen uns zur Begrüßung. Für Lena haben sie nur spöttische Blicke übrig. Ein seltsames Grinsen ist das. Voller Verachtung, bedrohlich und lüstern zugleich.
»Das wirst du gleich sehen!«, dröhnt es in meinen Ohren.
Dann fleht Lena die beiden an, sie gehen zu lassen.
»Hör auf zu heulen. Du kennst mich doch, sonst werde ich nervös«, sagt Oksana. Dina sagt nichts. Sie faucht nur wütend.
»Lasst sie bitte gehen«, bitte ich.

»Tut sie dir etwa leid?«, fragt Oksana.
»Ja, sehr«, sage ich ehrlich. »Sie hat euch doch nichts getan.«
»Na und?«, sagt Oksana ruhig. »Vielleicht muss sie ja eine Rechnung bei mir begleichen. Was weißt du denn schon? Sie soll aufhören zu lügen.« Oksana macht eine bedeutungsvolle Pause. Dann sagt sie: »Willst du einen guten Rat? Verteidige sie lieber nicht in Anwesenheit der Jungs. Kann sein, dass sie nachher auch über dich schlecht denken. Dann kann es passieren, dass dir dasselbe widerfährt wie Lena.«
Wir sitzen in einem großen Kellerraum. Gleich beginnt die Vorführung. Oksana, Dina und Lena sind verschwunden. Die Zuschauer warten gespannt. Dann kommen die Mädchen auf die Bühne. Oksana moderiert die Performance.
»Die Krönung unseres Programms«, verkündet sie, »eine exotische Schönheit aus Indien führt einen Striptease auf.«
Das Publikum tobt in heller Vorfreude.
Die Schöne versteckt sich hinter einem Gasrohr. Unsicher wagt sie sich nun hervor. Alle klatschen. Dann kommt sie auf die Bühne. Ihr Make-up ist erschreckend. Die Augen sind mit schwarzem Kajal bis zu den Ohren verlängert, der Mund ist wie bei einem Clown bemalt. Ihre Stirn schmückt ein roter Kreis, damit man ihre indische Herkunft nicht übersieht.
Langsam zieht sie die Kleidung aus. Die Jacke, die Bluse, die Schuhe, die Strumpfhose, den Rock, den Büstenhalter ... Ich drehe mich um. Ich sitze lieber mit dem Gesicht zur Wand. Es ist ein Albtraum. Hinter mir lauter fragende Blicke. Aber keiner sagt was.
Die Vorstellung geht weiter. Es bildet sich eine Schlange vor Lena. Schließlich muss sie jedes einzelne Prachtstück

persönlich kennenlernen. Das soll ihr eine Ehre sein. Unabhängig von seiner Größe, seiner Länge und seinem Umfang. Wem das Ding gehört, ist auch nicht von Bedeutung. Liegen, stehen, reiten, saugen. Hoch, runter, beugen, aufrichten, hoch, runter und wieder hoch. Allein, zu zweit, zu dritt. Es fehlt nur ein Trommler. Mit einem Trommler wäre das Opferritual vollkommen. Andrej und Michail beteiligen sich nicht.

Dann kommt noch jemand.

»Herein! Du hast gerade einiges verpasst.«

»Ich verpasse selten etwas«, sagt der Verspätete und öffnet seine Jeans. Ein abartig dicker und großer Schwanz kommt zum Vorschein. Wie einen Keil rammt er sein Ding in Lenas pickeligen Hintern.

Ein Schrei erschüttert die Kellerräume. Eine fette Spinne zittert in ihrem Netz.

Eine eiskalte Dusche aus dem Schlauch wirkt Wunder. Lena wird dadurch wieder zum Leben erweckt.

Inzwischen sind die Gäste gelangweilt. Sie wollen mehr, noch mehr Unterhaltung. Viel mehr will das Publikum. Es fällt den Zuschauern wenig ein, aber wenig ist mehr als nichts.

Lena muss nackt die Hymne der Pioniere singen.

Lena muss Indianer darstellen.

Lena muss mit einer Gabel zwischen den Beinen durch den Kellerraum springen.

Lena muss sich eine Flasche in die Muschi stecken.

Nicht schlecht. Aber der Kick fehlt. Ja, irgendwie doch einfallslos. Denkpause.

Jemand zieht eine Streichholzschachtel aus der Tasche. Zuerst ist das Publikum geschockt, aber es beruhigt sich schnell, als dieser Jemand sagt: »Sie wird es selbst tun.« Dann wird er deutlicher: »Zünde das Fell an und schrei: ›Es brennt, es brennt!‹ Kapiert?«

»Es brennt! Es brennt!«, schreit Lena.
»Lösch es! Lösch es!«, schreit das Publikum.
Da spüre ich plötzlich kein Mitleid mehr. Aber der Auftritt ist noch nicht zu Ende.
»Lena, du Arme. Du hast bestimmt Hunger, nicht wahr?«, fragt ein Zuschauer mitleidig.
»Hol dir dein Frühstück, beeil dich!«
Lena geht in den Nebenraum, in dem jemand laut kackt. Sie bringt etwas mit. Es liegt auf Zeitungspapier und stinkt, was das Zeug hält. Lena soll sich in die Mitte des Raums setzen. Sie bekommt eine Serviette um den Hals gebunden, eine Gabel in die Hand gesteckt, mit der Anweisung, alles aufzuessen. Auch zu trinken bekommt sie.
Damit sie nicht zu leicht davonkommt, soll sie zum Schluss ein Stück von einer Holzplatte abbeißen, die ihr ein experimentierfreudiger Zuschauer freundlich zur Verfügung stellt. Auch dieser Wunsch wird von Lena erfüllt. Aber ein Schneidezahn macht nicht mit.
Die Zuschauer wollen sie über Nacht im Keller einsperren. Nackt.
Da wache ich plötzlich auf.
Ich bitte sie, das nicht zu machen. Ich bitte sie, das nicht zu machen. Ich bitte sie, das nicht zu machen. Ich bitte sie, ich bitte sie, ich bitte ...
»Bitte ... Bitte ... Tut das nicht!«
Sie willigen ein.

DIE CLIQUE

An einem Sommernachmittag gehe ich durch unsere Straße nach Hause. Die Sonne scheint. Die Straße ist staubig. Es ist glühend heiß.
Die Kneipe *Drei Ferkel* platzt aus allen Nähten. Die Tür steht offen. Drinnen geht es lebhaft zu. Rotfratzige Typen trinken und rauchen übel stinkende selbstgedrehte Zigaretten. Unmengen von billigem Wein, verdünntem Bier und schlechtem Schnaps fließen in die Kehlen der Gäste. Zwischendurch kommen die Typen raus, um an der Straßenecke zu pissen. Danach machen sie die Hose wieder zu, oder auch nicht, und gehen zurück in die verqualmte Kneipe. Einige liegen schon bewusstlos vor dem Eingang und versperren den Gehweg. Passanten stolpern über die Betrunkenen und fluchen. Unter einem der Liegenden fließt ein Bach. Der Bach wird zum See. Staub und Sand saugen die Flüssigkeit auf. Zurück bleibt ein großer dunkler Fleck. Es riecht beißend und säuerlich nach Alkohol, Schweiß, Urin und Erbrochenem.
Plötzlich grüßt mich jemand. Ich schaue verwundert hoch. Es ist Sergej, der vier Häuser weiter wohnt. Allerdings haben wir noch nie miteinander gesprochen. Sergej ist ungefähr sechzehn, siebzehn Jahre alt. Er trägt eine graue Kappe, eine schwarze Sonnenbrille, ein ärmelloses T-Shirt und Sandalen aus grobem braunem Kunstleder. Er hat große Muskeln, buschige Achselhaare und riecht nach Schweiß. Seine Zehennägel haben eine gräulich gelbe Färbung, ein Zeh ist krumm. Sergej lächelt. Von einem Schneidezahn fehlt die Hälfte. Ich beschließe, ihn möglichst schnell mit meiner besten Freundin bekannt zu machen, und teile ihm das sofort mit.

Am Samstag kommt Ira zu Besuch. Von meiner Beschreibung regelrecht angeheizt, mit leuchtenden Augen und zitternd vor Neugier, folgt sie mir zu Sergejs Haus. Das Türchen zum Garten ist dicht von Sträuchern bewachsen. Wir verstecken uns dahinter und rauchen eine Zigarette. Dann schmeißen wir die Kippen auf den Asphalt. Sie glühen weiter, Ira glüht ebenfalls. Da kommt uns Sergej entgegen, er strahlt über das ganze Gesicht.

Sergej ist der Mann im Haus. Sein Vater ist entweder gestorben oder nie da gewesen. Er lebt mit zwei Frauen zusammen, mit seiner Mutter und seiner Großmutter. Sergejs Großmutter ist eine magere, unscheinbare Frau. Ihren kleinen Vogelkopf schmückt ein dünner Zopf, das Haar ist schmutziggrau. Sie hat mehrere Röcke übereinander gezogen und trägt grobgestrickte Socken und alte, abgetragene Schuhe. Auch die Mutter ist eine zierliche Frau. Sie hat schmale, kleine Augen. Früher waren sie flaschengrün, jetzt kann man ihre ursprüngliche Farbe nur noch schwach erkennen. Das rötliche Haar hat viele missglückte Dauerwellen hinter sich und lässt sich nicht mehr in Form bringen. Es sieht so aus, als würde Sergejs Mutter sich nie kämmen.

Das Haus ist wie die meisten Häuser unserer Straße aus Holz. Der Zaun ist grau und schief, der Garten mit Unkraut bewachsen. Alles im Haus ist farblos, die Teppiche, bis aufs Letzte abgenutzt, wirken wie alte Putzlappen. Die Küche ist eng und schmutzig, ein Herd, ein Waschbecken, ein alter Tisch auf krummen Beinen, darauf eine schäbige Plastikdecke. Das Muster ist fast vollständig ausgebleicht, dafür ziert ein mit blauem Kugelschreiber hingekritzeltes Schimpfwort die Tischdecke.

Am Tisch sitzen drei Freunde von Sergej. Einen von ihnen kenne ich noch aus der Grundschulzeit. Der Gasherd ist mit einer bräunlichen Fettkruste überzogen, darauf steht ein skurriles Gerät, ein Schnellkochtopf mit mehreren Schläuchen. Dazwischen sehe ich Einweckgläser. Es blubbert, und am Ende der Vorrichtung tropft es.

»Was geht da vor sich?«, frage ich Sergejs Mutter neugierig. Ich war schließlich noch nie in einem echten Chemielabor.

»Serjoscha, wolltet ihr nicht nach draußen gehen?«, sagt die Mutter. »Die Sonne scheint.«

Sergejs Freunde lachen, und ich habe das Gefühl, mich blamiert zu haben. Wir gehen in den Garten.

»Stellst du dich nur so an oder bist du wirklich so blöd?«, fragt einer von ihnen. »Das ist ein Schnapsbrenner.«

Sergej droht seinem Freund mit der Faust. »Hättest du es noch lauter sagen können? Hier gibt es überall Ohren!«

Und damit hat er recht.

Sergej und meine Freundin scheinen sich gefunden zu haben. Jedenfalls sitzen sie dicht nebeneinander. Sergejs Arm liegt auf Iras Hüfte, Iras Kopf auf Sergejs Brust. Ich bin zufrieden und finde einen Vorwand, um nach Hause zu gehen. Die Freunde von Sergej verziehen sich ebenfalls. Einer von ihnen geht mir nicht mehr aus dem Kopf. Er hat lange Haare, blaue Katzenaugen und ein verschmitztes Lächeln. Er trägt eine schwarze Lederhose, er fährt Motorrad. Er ist sexy. Er heißt Wladimir.

Das nächste Mal bringe ich eine andere Freundin mit. Diesmal treffen wir uns abends. Eine alte Scheune in Sergejs Garten wird zu unserem Stabsquartier. Wenn wir das Stabsquartier nicht in Anspruch nehmen, stellt Sergej es einer seltsamen Clique zur Verfügung. Sie besteht aus sieben männlichen Mitgliedern, alle sind taubstumm. Ab und zu sind noch zwei Mädchen dabei, eine von ihnen ist Lena die Schöne.

Ich weiß nicht warum, aber die Taubstummen sind mir vom ersten Augenblick an unheimlich. Dabei können sie ja nichts dafür, dass sie taubstumm sind. Trotzdem kommen sie mir irgendwie fremdartig vor. Wenn man nicht richtig mit ihnen reden kann, wie soll man verstehen, was sie im Sinn haben?, frage ich mich.

In der Scheune spielen wir Karten, wir rauchen, wir lachen bis zum Umfallen. Alle trinken Wein, Wodka und Bier. Ich trinke nicht. Manche finden das unangenehm. Irgendwann fragt mich einer von ihnen: »Warum bist du so komisch?«
»Wie meinst du das?«
»Keine Ahnung«, sagt er. »Aber du bist seltsam.«
Sommernächte riechen jetzt nicht mehr nur nach Kräutern und Lindenblüten. Sie riechen auch nach Motorenöl. Ich schlinge meine Arme fest um Wladimirs Taille. Wir rasen durch die Straßen des Städtchens, durch die Lichter und durch den Wind. Die Nächte sind warm. Es ist Sommer, es ist Freiheit, es ist wie fliegen.
Manchmal gesellt sich auch Ira zu uns. Sie lebt in einer anderen Stadt und kann nicht jeden Tag eine zweistündige Fahrt auf sich nehmen. Wenn sie dabei ist, fährt sie auch auf dem Motorrad, aber nicht mit Sergej, der kein eigenes Motorrad besitzt, sondern mit einem seiner Freunde. Der ist bestimmt zehn Jahre älter als wir und trägt einen vielversprechenden Spitznamen: der Tollwütige.
Der Tollwütige war im Afghanistankrieg. Das allein macht mich schon hellhörig. Ich würde nicht mit ihm Motorrad fahren. Ich würde lieber Abstand halten. Keiner von denen, die den Einsatz in Afghanistan überlebt haben, ist normal geblieben. Sie mussten Drogen und Medikamente nehmen, um nicht verrückt zu werden. In ihren Augen spiegeln sich immer noch Kriegsszenen. Ein Kino der Brutalität. Ich schaue dem Tollwütigen nicht in die Augen, ich drehe mich um.

Meine Freundin sieht das Augenkino nicht. Sie sieht nur den schlanken Körper, die ausgeprägte Männlichkeit, den eleganten Oberlippenbart und das rote Motorrad, das fröhlich in der Sonne glänzt.
Eines Tages treffe ich meine Freundin am Bahnhofsvorplatz. Ich bin überrascht, denn wir hatten uns nicht verabredet.
»Wir fahren zu einer Party«, sagt sie aufgeregt. »Komm doch mit!«
»Was für eine Party? Wer ist noch dabei?«
»Der Tollwütige«, Ira lächelt glücklich, »und noch ein paar Leute.«
»Wo geht es hin?«
»Wir fahren an die Blauen Seen. Es wird Grillwürstchen, Bier und Wein geben, Wald, See, Lagerfeuer ... Und wir übernachten dort.«
Mich reizen weder die Party noch Grillwürstchen oder Bier. Noch weniger attraktiv ist für mich die Perspektive, die Nacht in Gesellschaft des Tollwütigen und seiner Freunde zu verbringen.
Der Tollwütige kommt dazu. Statt seines Motorrads fährt er heute einen Kleinbus.
Ich gehe nach Hause. Ira fährt mit.
Zwei Tage vergehen, dann rufe ich meine Freundin an. Sie ist heiser, das Sprechen fällt ihr schwer ...
Es ist ein wunderschöner Abend an den Blauen Seen. Es gibt Grillwürstchen, Bier und Wein. Es gibt Kassettenrekorder, Gitarre und Gesang. Das Lagerfeuer brennt, orangefarbene Funken tanzen vor dem dunkelblauen Himmel. Der schwarze Wald liegt still im Hintergrund. In der Nähe feiert eine andere Clique. Alle trinken, Ira trinkt. Irgendwann muss Ira wohin und geht wackelig ins Gebüsch. Auf dem Weg trifft sie auf einen jungen Mann von der Party nebenan. Eine magische Kraft zieht

sie regelrecht ins Gebüsch. Da lieben sich Ira und der junge Mann. Sie sind glücklich. Es ist herrlich und schön in der freien Natur.
Aber ein paar der anderen haben die beiden beobachtet und wollen auch mal. Wieder wird Ira ins Gebüsch gezogen, aber diesmal ist es keine magische Kraft, sondern pure, rohe Gewalt. Es geschieht wieder und wieder und wieder. Behaarte, Unbehaarte, Kräftige, Dünne, Schlappe, Knackige, Breite, Schmale, Harte ... Erde, Sand, Schlamm, Laub, Steine ... kalt, dunkel, glitschig, trocken ... Sperma, Ekel, Schmerz ...
Das Lagerfeuer erlischt. Ira will aufstehen. Aber es gelingt ihr nicht.
Dann hilft ihr jemand. Es ist der Tollwütige. Er hebt sie vorsichtig auf und trägt sie zurück zum Zelt.
»Du hast Schande über uns gebracht«, sagt er. »Dafür bestrafe ich dich.« Der Tollwütige macht die Taschenlampe aus. Es ist dunkel im Zelt. Schwere Regentropfen trommeln wütend gegen das Dach. Die Nacht geht zur Neige. Es hört auf zu regnen. Der Tollwütige gibt Ira eine Pille. Die Pille danach.

Der Vorhang schließt. Aber nicht für alle.

MONDSCHEINBADEN

Wenn das Städtchen schläft und die Straßen leer sind, wenn der würzige Geruch der wilden Kräuter über der Erde schwebt und der schwarze Himmel voller Sterne ist, schwimmen wir im kleinen Teich. Der Vollmond spiegelt sich im dunklen Wasser. Die Nacht ist von Musik erfüllt. Frösche quaken, Heuschrecken zirpen, Stechmücken summen, das Schilf raschelt. Irgendwo weit weg bellt ein Hund. Die Luft ist wie aufgeladen.

Lena und Oksana kommen aus dem Wasser, lassen sich am Ufer nieder, hüllen sich in ihre Tücher. Als ich mich irgendwann zu ihnen setze, sind die beiden nicht allein. Gleich fünf Jungs leisten ihnen Gesellschaft. Sie sind jünger als wir. Sie haben einen Kassettenrekorder, Zigaretten und Bier dabei. Ihre Motorräder stehen neben ihnen. Sie treffen sich regelmäßig in der Nähe des Sees, in den Garagen, die einige Meter entfernt vom Ufer liegen. Wir folgen ihnen dorthin. Da steht auch ein rotes Auto, das den Eltern eines der Jungen gehört.

Wir setzen uns ins Auto, wir rauchen, wir trinken Bier, wir lachen. Der Kassettenrekorder bebt unter den heftigen Heavy-Metal-Akkorden. Alles wie immer. Aber plötzlich wird es unruhig im Auto. Irgendwas passiert hier. Die Unruhe ist deutlich zu spüren, nahezu greifbar.

Ich schaue mich um. Die Jungs sind weg, jedenfalls sieht man ihre Gesichter nicht mehr. Ihre Köpfe sind unter Plastiktüten verschwunden. Die Plastiktüten schnaufen und bewegen sich. Es dauert lange, ganz lange.

Dann fliegt die erste Tüte weg. Verwirrt schaut sich der Schnüffler um. Seine Augen sind trüb, der Blick verloren. Die restlichen Tüten fallen ab. Die Jungs sehen sich an.

Sie lachen in seltsam hohen Tönen. Der eine schweigt. Er starrt ins Leere. Er sieht etwas, was wir nicht sehen. Und dieses Etwas ist erschreckend. Er reibt seine Augen, als wolle er den Spuk vertreiben. Er springt hoch, stößt an die Decke, rüttelt an dem Türgriff, reißt die Tür auf. Er zieht sich hoch, er steigt blitzschnell auf das Dach des roten Autos.
Seine Freunde starren ihn schweigend an. Er sitzt auf dem Dach und fixiert gebannt die Flamme seines Feuerzeugs. Als einer von den beiden Freunden aussteigt, springt er plötzlich herunter, läuft nach draußen. Wie ein Affe klettert er auf das Garagendach. In der Hand hält er etwas. Was das ist, ist in der Dunkelheit nicht zu erkennen.
Der Junge schaut in den schwarzen Himmel, er schreit, es hört sich wie ein Mantra an. Der Sinn seiner Worte ist nur ihm selbst zugänglich: »Pistole, ich komme mit, ich komme mit, ich komme ... ich komme mit ...« Die Worte werden vom Wind weggetragen und verlieren sich in der Nacht. Einer seiner Freunde steigt auf das Garagendach, die anderen folgen ihm. Im hellen Strahl der Taschenlampe sehen wir den Benzinkanister in der Hand des Jungen.
Er öffnet ihn, hebt ihn hoch. »Pistole, ich komme mit ...«
»Halt!«, schreien wir.
»Hör auf!«, schreien die Jungs.
»Ich komme auch mit!«, ertönt plötzlich eine fremde Stimme. Wie aus dem Nichts ist hinter uns ein junger Mann um die zwanzig aufgetaucht. Die Silhouette auf dem Dach erstarrt.
»Warte!«, der junge Mann steigt aufs Dach.
»Gib ihn mir, wir machen es zusammen ...«
Zu unserer Verwunderung gehorcht ihm der Junge aufs Wort. Wie hypnotisiert streckt er dem jungen Mann den

Kanister entgegen, sein Gegenüber redet ruhig auf ihn ein. Dann steigen die beiden herunter.
Der junge Mann ist der ältere Bruder des Jungen.

In der nächsten Nacht gehen wir wieder an den See. Wir waren um Mitternacht verabredet, aber die Jungs sind weit und breit nicht zu sehen. Wir setzen uns in das Gras neben die Garagen. Ich lehne mich an eine Laterne. Wir warten. Die Jungs kommen nicht. Dafür kommen mehrere erwachsene Männer. Jung sind sie gewiss nicht mehr. Das stört sie aber nicht. Einer von ihnen kommt auf mich zu.
»Na Kleine, kommst du mit? Du wirst Spaß haben!«
»Nicht mit dir, alter stinkender Bock!«, antworte ich resolut.
Die Mädels lachen, seine Kumpel ebenfalls. Es folgt ein Schlag. Dann wird die Welt stumm und farblos. Für einen Augenblick hört sie auf zu existieren. Zumindest für mich. Dann komme ich wieder zu mir. Zwei Augenpaare starren mich an. Sie gehören Katja und Lena. Mein Kopf tut höllisch weh. Ich sitze immer noch im Gras, hinter mir ist die Laterne. Ich fasse mir an den Kopf. Mein Hinterkopf fühlt sich nass an. Nass und warm. Meine Hand schreckt zurück. Im Laternenlicht erkenne ich, dass sie rot ist.
»Schau mal, sie blutet ja wie verrückt!«, sagt Oksana.

DAS TREFFEN IM PARK

Es ist Hochsommer, die Sonne scheint und ich gehe mit meinen Freundinnen im Zentralpark spazieren. Wir setzen uns auf eine Parkbank. Wir trinken bitteres Bier. Wir rauchen. Wir essen Sonnenblumenkerne. Alles schon nicht schlecht.

Aber irgendetwas fehlt.

Auf der Parkbank gegenüber sitzen drei junge Männer. Sie trinken ebenfalls Bier aus der Flasche. Dann steht einer von ihnen auf und kommt zu uns herüber.

»Habt ihr Feuer, Mädels?«

Das haben wir. Der Vorwand ist gefunden, und auf einmal fehlt nichts mehr. Die jungen Männer sind noch im Wehrdienst, aber sie haben zivile Kleidung an. Zwei von ihnen stammen aus Weißrussland, der andere kommt aus der Ukraine. Zwei von ihnen sehen aus wie Zwillinge, blass, blond und helläugig, der Dritte ist anders.

Und dieser andere gefällt mir ausgesprochen gut.

Er hat einen dunklen Teint, schwarze Haare, braune Augen, einen herzförmigen Mund und ein freches Lächeln. Seine dichten Augenbrauen sind in der Mitte zusammengewachsen. Er ist recht groß, schlank und athletisch gebaut. Wenn er lächelt, sieht man einen schmalen Spalt zwischen den oberen Schneidezähnen und Grübchen in den Wangen. Seine Augen glänzen wie schwarze Kirschen. Er spürt meinen Blick. Er schaut mich an. Er lächelt.

»Wir können weiterfeiern«, sagt er. »Woanders. Kommt ihr mit?«

Wir kaufen noch mehr Bier, wir kaufen Wein, Zigaretten und Stockfisch. Dann gehen wir zum Bahnhof, setzen uns in den Zug und fahren irgendwohin. Die Mädchen freuen sich auf eine gute Zeit und noch mehr auf den Wein.

Ich freue mich auch. Aber dafür gibt es nur einen Grund, und der sitzt mir gegenüber. Er sieht mir in die Augen, ich sehe ihm in die Augen. Der Zug fährt. Die Häuser und Straßen ziehen vorbei. Die Menschen steigen ein und aus. Die Mädels plappern. Seine Kameraden lachen. Alles verliert sich allmählich im Hintergrund.

Aber bevor ich alles um mich herum vergesse, kommen wir an. Wir gehen über die Gleise, über die Autostraße, durch den Wald, an einem Fluss vorbei, über ein Feld, durch die Straße, an einem Zaun entlang. Hunde bellen, Hühner gackern, Katzen laufen hin und her, Käfer erkunden die Gegend. Die Dorfstraße ist nicht asphaltiert, das Gras von der Sonne ausgeblichen. Die Erde ist trocken und staubig. Es ist ein heißer Sommernachmittag.

Das Haus ist aus Holz. Irgendwann einmal wird es hellblau gewesen sein, nun lässt sich die Farbe kaum noch erahnen. Die Hausfassade ist mit Schnitzereien verziert. An seiner Vorderseite gibt es sogar eine Veranda. Wir klopfen ans Fenster.

Ein alter Mann lässt uns rein. Er hat einen langen weißen Bart. Er lächelt freundlich.

In dem Zimmer gibt es nicht viel. Ein Bett, ein kleiner Tisch, zwei Stühle, eine Uhr. Wein, Bier und Stockfisch werden ausgepackt. Die Mädchen werden mit jedem Glas fröhlicher, die Jungs ebenso. Musik ertönt. Sie tanzen, sie umarmen sich. Dann werden die Bewegungen langsamer, die Umarmungen entschlossener. Ab und zu landet ein Pärchen auf dem Sofa. Oder sie gehen in den Garten, um zu rauchen, oder aufs Plumpsklo.

Die Sonne geht unter. Der Himmel verfärbt sich erst orange, dann blutrot. Die Abenddämmerung bricht her-

ein. Die Mädchen müssen nach Hause. Die Jungs begleiten sie. Die Hände werden sorgfältig einparfümiert, um den Zigarettengeruch zu überdecken. Noch unsicher auf den Beinen, schwankend, stolpernd und kichernd, machen sie sich auf den Weg in Richtung Bahnhof.
Ich muss auch nach Hause. Aber da ist dieser dunkle, dichte Blick. Ich schaue weg.
Die Straße ist in Dunkelheit gehüllt, der Wald ist in Dunkelheit gehüllt. Ein schwarzer Fluss fließt vorbei. Finstere Gestalten gehen vorbei.
Dann spüre ich eine leichte Berührung. Es ist seine Hand, die meine Hand sucht. Und meine Hand gleitet wie selbstverständlich in seine. Worte sind überflüssig.

Und schon sind wir wieder in unserem Städtchen, in unserer Straße. Wir gehen zum Haus einer Nachbarin. Sie vermietet die obere Etage ihres Hauses jeden Sommer an zwei Brüder aus Georgien. Sie kommen hierher, um Obst auf dem Markt zu verkaufen.
Im Haus herrscht gute Stimmung, man hört es von weitem. Doch als Außenstehender hat man bei fremden Kulturen oftmals keinen richtigen Durchblick. Gerade noch hörte man Chorgesang, nun wird kräftig geschimpft. Dummerweise habe ich schon geklingelt. Plötzlich wird es still.
Das Haus der Nachbarin ist aus Holz, die Treppe ebenfalls. Wir hören schwere Schritte. Die alte Treppe krächzt. Die Tür öffnet sich. Kacha, der ältere der georgischen Brüder, ein stämmiger, klein gewachsener Mann um die dreißig, kommt heraus. Wie immer begrüßen wir uns herzlich. Ich stelle ihm Dima vor. Kacha bittet uns herein. Und dann passiert etwas.
Die Treppe knarrt wieder, jedoch anders diesmal. Sie jammert regelrecht. Jemand rennt schnell herunter. Meh-

rere Leute, laute Stimmen. Männer schimpfen mit einem charakteristisch kaukasischen Akzent. Eine Frau schreit. Dann stürzt jemand die Treppe hinunter. Die Stimmen werden noch lauter, dann sehe ich plötzlich Dina vor mir stehen. Ihre Augen sind weit aufgerissen. Sie ist betrunken. Sie versucht, sich hinter mir zu verstecken. Als Kacha sie sieht, rastet er unerwartet aus. Er schimpft auf Georgisch. Er spuckt. Dann packt er Dina an den Schultern. Er schüttelt sie und brüllt sie an. Ich habe ihn noch nie so wütend gesehen. Dann packt er sie am Hals. Es sieht so aus, als hätte er vor, Dina die Gurgel zuzudrehen. Seine Freunde fluchen im Chor daneben. Es ist noch jemand da, ein anderes Mädchen ... Ich kenne sie doch, es ist Lena, die Schöne.

»Was ist hier eigentlich los?«, frage ich.

Aber keiner will es mir erklären. Dina ist still und kreidebleich.

»Kacha«, schreie ich, »was soll das hier?«

Er dreht sich zu mir. Sein Gesicht ist rot vor Wut. Er will irgendetwas sagen. Plötzlich bekomme auch ich Angst. Dina nutzt die freie Sekunde und läuft so schnell weg, wie sie kann. Ich laufe mit, Dima läuft mit, aber Kacha läuft auch mit. Er packt mich am Arm.

Kacha fährt mich an: »Woher kennst Nutte? Weh, weh, sehe dich mit ihr zusammen! Verstehst?« Er dreht sich zu Dima. »Komm unsere Wohnung. Trinken, viel Obst haben, uns unterhalten.«

Wir folgen ihm die Treppe hoch in den ersten Stock, in dem Kacha mit seinem jüngeren Bruder wohnt. Seine Freunde sind auch da und haben den Tisch gedeckt. Dort stehen exotische Früchte, die sich nicht jeder leisten kann: Süßkirschen, Pfirsiche, Aprikosen, Kakis, Wassermelonen. Es gibt Schokolade, georgischen Wein und Wodka. Wir stoßen an. Dann mache ich einen kurzen

Abstecher nach Hause. Meine Mutter muss wissen, wo ich übernachte. Natürlich habe ich nicht vor, ihr von Dima und Kacha zu erzählen. Sie soll glauben, dass ich bei einer Freundin schlafe.

»Bei Olga?«

»Ja, genau!«

Ich esse noch schnell ein Butterbrot, dann packe ich den kleinen Kassettenrekorder ein und gehe in die Dunkelheit hinaus.

Als ich zurückkomme, sind Dima, Kacha und sein Bruder Gotscha bereits gut gelaunt. Die Freunde sind verschwunden. Die Nacht verspricht lang zu werden. Ich lasse mir ein Glas Wein einschenken und tue so, als würde ich trinken. Kacha, Gotscha und Dima erzählen Witze und lachen laut. Man könnte meinen, Dima gehöre zur Familie.

Bei Wein und Musik geht die Zeit schnell vorbei. Die Brüder stimmen ein altes georgisches Lied an. Ich verstehe kein Wort, aber auch ohne Übersetzung hört man, dass es um verlorene Liebe, Trennungsschmerz und Einsamkeit geht. Als das Lied zu Ende gesungen ist, schenkt Kacha, sichtlich mitgenommen, uns allen Wodka ein. Sein Bruder ist inzwischen auf dem Stuhl eingeschlafen. Aber Dima wird zunehmend munterer. Das merke ich daran, dass seine Hand plötzlich auf meiner Taille liegt.

Kacha muss sich um Gotscha kümmern. Ächzend schleppt er den kleinen Bruder ins Schlafzimmer. Aber Gotscha ist kein Fliegengewicht, jedenfalls nicht für Kacha. Der stolpert, dann rutscht er aus und die beiden fallen auf den Boden. Kacha flucht, Gotscha schnarcht weiter.

Nun sind Dima und ich allein im Zimmer. Anscheinend ist Kacha ebenfalls eingeschlafen oder er versucht noch immer, den Bruder aufs Bett zu verfrachten. Ich schaue Dima an. Dima schaut mich an. Sein Blick verändert

sich. Ich denke, so ändert sich der Himmel nach dem Regen.
Er umarmt mich, er streichelt mir zart über die Wange. Dann nimmt er meinen Kopf in seine Hände, zieht mich an sich heran. Ich schließe die Augen. Seine Lippen schmecken nach Wein, nach Süßkirschen und nach Sommer.
Ich merke nicht, wie lange wir auf der Couch sitzen. Der Himmel hellt sich langsam auf. Der Sonnenaufgang steht bevor.

Ich schmiege mich an Dima. Die Welt steht still, und ich habe keine Wünsche offen. Bis auf einen: Ich möchte, dass wir für immer zusammenbleiben. Aber Dimas Urlaub geht heute Nachmittag zu Ende. Wir müssen zurückkehren, er in die Kaserne, ich nach Hause.
Im Nebenzimmer bewegt sich etwas, die Holzdielen knarren. Die Tür geht auf. Es ist Kacha, er ist verschlafen und muffelig.
»Hallo, Liebe. Wie spät, keine Ahnung. Wache Boden auf. Gotscha schlafen. Kopfweh.«
Er setzt sich an den Tisch, ext ein Glas Wodka, steckt eine Kirsche in den Mund, spuckt den Kern aus und sagt: »Bald Markt. Obst verkaufen gehen. Gotscha hier. Ihr können bleiben.«
Er öffnet den Kühlschrank, nimmt Butter und Wurst heraus. Er schmiert sich ein Brot, macht einen Tee.
»Ich muss mal kurz nach Hause«, sage ich zu Dima. »Ich mache mich frisch und komme dann wieder. Wartest du auf mich?«
»Ich werde immer auf dich warten.« Er lächelt müde.
Schließlich haben wir kein Auge zugedrückt. Ich habe jegliches Zeitgefühl verloren.
Dann gehe ich durch die verschlafene Straße. Die ersten Sonnenstrahlen bahnen sich einen Weg durch die Kro-

nen der alten Bäume. Ein Hahn verkündet den Tagesanbruch.
Das kleine Fenster steht halb offen. Ich nutze die Gelegenheit, stelle mich auf das Fundament, ziehe mich am Rahmen hoch, schwinge die Beine über die Fensterbank, springe und lande in meinem Zimmer. Ich plumpse aufs Bett und fühle mich plötzlich ganz müde. Ich kuschele mich in die Decke hinein, vergrabe mein Gesicht im Kissen. »Dima«, sage ich leise, fast unhörbar. »Bitte warte auf mich.«
Aber bevor mich die Sehnsucht übermannt, kommt der Schlaf.
»Wach auf, du verschläfst den Tag! Raus aus dem Bett, das Frühstück ist längst fertig!«, höre ich Großmutters muntere Stimme. Sie scheint es ernst zu meinen.
»Mhmmm ... Noch fünf Minuten ...«, bitte ich, »wir haben doch Ferien ...«
»Gut, fünf Minuten! Ich merke es mir. In fünf Minuten bist du aus dem Bett«, sagt Großmutter entschlossen.
Ich schaue auf die Uhr. Es ist halb zwölf. Die Ereignisse der vergangenen Nacht werden wieder lebendig. Dort, bei den Georgiern, wartet gerade Dima auf mich.
Oder doch nicht?
Ich schlage die Decke zur Seite, stehe auf, ziehe mich an. Ich gehe in die Küche, wasche mich, putze mir die Zähne. Dann betritt meine Mutter den Raum. Sie mustert mich. Sie kneift die Augen zu.
»Und, wie war es bei Olga?«, fragt sie.
»Wir haben uns unterhalten. Wir haben Musik gehört. Wir haben unsere Geschichte weitergeschrieben. Wir haben Witze erzählt und sind anschließend schlafen gegangen.«
»Widerlich! Wie kann man nur so schamlos lügen? Guck mich mal an! Du warst doch nicht bei Olga, gib es zu!«, schimpft meine Mutter.

»Wo war ich denn?«

»Du Schlampe!«, schreit meine Mutter. »Woher soll ich das wissen? Igor hat dich gestern gesucht, er wollte dich dringend sprechen. Ich sagte ihm, du seist bei Olga. Aber als er dort ankam und nach dir fragte, warst du nicht da ... Du Luder!«

»Wie hast du mich gerade genannt?«

»Luder! Schlampe! Wie kann man dich sonst noch nennen?«

Ich renne aus dem Haus, knalle die Tür zu. Als ich den Garten verlasse, höre ich, wie Großmutter mir nachläuft und mich zurückruft. Ich drehe mich nicht um.

Als ich mich dem Haus der Nachbarin nähere, steht Dima im Vorgarten und raucht.

»Ich habe gerade die Dienststelle angerufen«, sagt er. »Ich muss mich beeilen. Wir haben noch drei Stunden. Wir können ja einen Spaziergang machen.«

Wir gehen durch das Städtchen, durch abgelegene schmale Straßen, an den verkommenen Hütten und dem gepflegten Haus des Pfarrers vorbei, am Waldrand entlang, zum Fluss hinunter. Der Fluss rauscht vorbei wie die Zeit. Wir gehen zum Bahnhof.

Sein Zug kommt bald, und ich frage mich, wie man sich das Gesicht eines Menschen für immer einprägen kann. Aber ich schaue ihn nicht an. Ich umarme ihn. Ich vergrabe meinen Kopf in seiner Halsbeuge. Er zieht mich an sich. Er streichelt meine Wange. Er küsst meine Stirn, meinen Hals, mein Gesicht.

Die Bahn kommt.

»Ich fahre nicht zurück«, sagt er plötzlich. »Ich bleibe bei dir«, flüstert er mir zärtlich ins Ohr.

DIE FLUCHT

Wir setzen uns in einen anderen Zug, wir fahren wieder in das Dorf. Dort, in dem hellblauen Haus bei dem alten bärtigen Mann, finden wir Obhut. Wir haben eine Pralinenschachtel, eine Flasche Champagner und meinen Kassettenrekorder dabei.

Der Abend kommt. Die feuerrote Kugel versteckt sich hinter dem Horizont. Die Luft wird kühler. Die späten Vögel zwitschern. Es riecht nach frischgemähtem Gras, Akazienblüten und Sommer. Langsam versinkt das ganze Dorf in der Dunkelheit.

Wir sitzen auf dem Bett. Wir sind Flüchtlinge und Komplizen zugleich. Vermutlich werden wir schon gesucht. Wir schweigen.

Die duftende, laue Sommernacht strömt durchs offene Fenster ins Zimmer, und die Grenzen zerfließen. Die Grenzen zwischen innen und außen, zwischen Wunsch und Wirklichkeit, zwischen ich und du.

Dima steht auf und zündet eine Kerze an, stellt sie auf den Tisch. Dann setzt er sich wieder aufs Bett. Er nimmt meine Hand, zieht sie an seine Lippen. Er küsst meine Finger, einen nach dem anderen, die Handfläche, das Handgelenk. Er streicht über meine Haare, ich umarme ihn, streichle zart seinen Nacken. Seine Wimpern berühren leicht meine Wange. Seine Zungenspitze zeichnet den Schwung meiner Lippen nach. Ganz zärtlich beißt er in meine Oberlippe, liebkost sie mit seiner Zunge, dann gleitet sie sanft in meinen Mund, und unsere Lippen fügen sich wie Puzzleteile zusammen.

Auf einmal bin ich das Zentrum des Universums. Ich spüre sein Verlangen. Wie ein Sog zieht es mich hinein.

Ich fühle alles. Seinen Pulsschlag, meinen Pulsschlag. Ich spüre, wie sein Blut durch die Adern fließt, wie mein eigenes Blut kocht. Ich kenne alle seine Wünsche, ich lese seine Gedanken.
Er zieht sein T-Shirt aus. Er hat einen trainierten Körper. Seine glatte Haut ist von der Sonne geküsst. Er legt sich hin und zieht mich zu sich. Er beugt sich über mich, schiebt mein Kleid hoch. Er streichelt meine Brüste, sanft berührt seine Zunge meine Nippel. Dann wandert sie höher. Er hält inne, küsst mein Halsgrübchen, seine Finger umkreisen meinen Mund. Unsere Lippen treffen sich. Seine Hände fahren runter zu meinem Bauch, wandern langsam über meine Oberschenkel. In der Mitte angekommen, lässt er seine Hand dort ruhen. Erst jetzt merke ich, dass wir beide nackt sind. Sein Finger gleitet tiefer.
»Nastja«, haucht er in mein Ohr, »was machst du nur mit mir?«
Er knabbert zärtlich an meinem Ohrläppchen. Ich spüre seinen heißen Atem auf meiner Wange. Ich bin wie eine straff gespannte Saite, mein Herz droht zu zerspringen. Dann dringt er sanft in mich ein.

Wir sind wie brennende Kerzen. Wir schmelzen zusammen, und ich weiß nicht mehr, wo sein Körper ist und wo meiner. Plötzlich passiert etwas, und in diesem Moment explodiert mein Bewusstsein in Millionen von Funken. Es ist wie Ohnmacht, aber wir sind wach. Ich übersäe seinen Körper mit Küssen.

Wir schauen uns an. In seinen dunklen Augen glänzen Tränen.
Die Flamme fängt an zu flimmern, auf der Wand zittern die Schatten. Die Kassette ist zu Ende. Wir schlafen ein, und jeder von uns träumt von dem anderen.

WIR WERDEN GEFUNDEN

Vier Tage und vier Nächte bleiben wir im Haus des alten Mannes. Wir haben keinen Kontakt zur Außenwelt.
Am fünften Tag klopft es an unserer Tür. Dima öffnet. Der Alte sagt: »Da draußen warten Leute. Ich glaube, sie suchen euch. Was soll ich ihnen sagen?«
»Was sollen wir tun?«, fragt Dima.
»Wir wissen nicht, wer sie sind«, sage ich.
»Entscheidet euch«, sagt der Alte.
Wir gehen nach draußen. Auf der anderen Seite des Gartenzauns stehen zwei Frauen und zwei Männer. Sie sind mit einem Auto gekommen und haben das blaue Fahrzeug, einen Lada Shiguli, am Rand der kleinen Waldstraße geparkt. Eine der Frauen ist meine Mutter, die andere ihre Freundin, der jüngere Mann ist Igor Makarow, der ältere der Ehemann der Freundin.
»Komm sofort mit, wir fahren nach Hause«, sagt meine Mutter, und zu Dima gewandt: »Und Sie ... Sie sind doch deutlich älter als meine Tochter. Wissen Sie, dass sie minderjährig ist, dass Sie sich strafbar machen?«
»Ich fahre nicht nach Hause«, sage ich.
Igor Makarow versucht es erneut: »Nastja, du sollst nach Hause fahren. Deine arme Mutter hat sich solche Sorgen gemacht. Sie wusste nicht einmal, ob du noch lebst.«
»Für meine Mutter bin ich bloß eine Schlampe. Ich bleibe hier«, sage ich und gehe zurück ins Haus, ohne mich zu verabschieden. Igor Makarow läuft mir nach und packt mich am Arm, versucht, mich aufzuhalten. Ich reiße mich los und renne weg.
Dima schreit: »Nastja, warte! Wo willst du denn hin?« Er folgt mir. Wir verstecken uns im nahegelegenen Wald.

Wir sind außer Atem. Wir sitzen unter einer riesigen Tanne. Einige Zweige sind vertrocknet. Die Erde ist feucht, dicht mit Moos bewachsen und mit Tannennadeln bedeckt.
Ich umarme ihn, schmiege mich an seine Schulter. Ich frage ihn: »Was passiert jetzt mit uns, Dimka?«
»Lass uns zurück ins Haus gehen.« Er nimmt mich an die Hand. Der Himmel ist grau. Es fängt an zu regnen. Wir sind klitschnass, als wir ankommen.
Vor dem Haus erwartet uns Igor Makarow, er ist ebenfalls völlig durchnässt. Die leichte Baumwollhose klebt an seinen Beinen. Er fleht mich an: »Komm mit, Nastja. Bitte.«
»Nicht mit dir, Igor.«
»Versprich mir, dass du heute Abend wieder zu Hause bist«, bittet er. Dann geht er weg.
Wir klopfen ans Fenster, der alte Mann öffnet die Tür und lässt uns herein. »Man hat dich gesucht«, sagt er zu Dima. »Gerade waren zwei Soldaten aus eurem Bataillon hier. Sie haben sich nicht vorgestellt.«
»Wie sahen sie denn aus?«
»Der eine war groß, schlank und hatte schwarze Haare, der andere war ebenfalls groß und schlank, aber blond.«
Der Alte geht weg. Dima wirkt nachdenklich. »Ich glaube, ich sollte da mal anrufen«, sagt er.
Am Ende des Dorfes gibt es eine Telefonzelle. Bis dahin sind es mindestens fünfzehn Minuten zu Fuß. Wir machen uns auf den Weg.
Nach dem Anruf blickt Dima besorgt: »Im Bataillon ist großer Aufruhr, ich muss sofort zurück. Ich bringe dich noch zum Bahnhof.«
Der Regen will nicht aufhören. Er durchdringt meine Kleidung, peitscht mir ins Gesicht und die Regentropfen vermischen sich mit den Tränen.
Als wir am Haus vorbeigehen, sehen wir Igor Makarow.

Er steht vor dem Zaun. Von seiner Nasenspitze tropft Regenwasser. Er versucht vergeblich, eine Zigarette anzuzünden.
»Nastja«, sagt er traurig, »lass uns doch jetzt nach Hause fahren.«
»Gleich«, antworte ich widerwillig.
»Ich warte, bis ihr euch verabschiedet habt«, sagt Igor.
Der Regen hat aufgehört. Dima küsst die letzten Tropfen von meinem Gesicht. »Wir sehen uns bald wieder«, sagt er. »Ich werde es irgendwie einrichten. Ich vermisse dich schon jetzt.«
Igor und ich gehen zum Bahnhof. Igor erzählt, wie sie mich gesucht haben, wie sie sich zunächst an die Georgier gewandt haben, dann an Olga und schließlich an die Bataillonsverwaltung. Aber ich höre ihm nicht richtig zu. Ich fühle mich so leer. Die Geschehnisse um mich herum haben keine Bedeutung mehr. Plötzlich wird mir klar, dass ich schon seit einer Ewigkeit nichts mehr gegessen habe.

DIE ZWEITE FLUCHT

Die nächsten fünf Tage bin ich wie benommen. Ich schlafe mehr, als ich wach bin. Ich fühle mich krank. Mit meiner Mutter spreche ich nicht.

Am Samstagabend reißt mich die penetrante Türklingel aus dem Schlaf. Ich bin allein zu Hause, Mutter ist zu einem Geburtstag eingeladen, Großmutter verbringt das Wochenende in Moskau bei ihrer Schwester. Ich schleppe mich ins Wohnzimmer. Durch die staubige Fensterscheibe sehe ich Kacha im Garten. Ich bin sofort hellwach, springe in den Flur und reiße die Haustür auf.

Kacha begrüßt mich mit einem verschmitzten Lächeln. Dann flüstert er, so als habe er Bedenken, dass uns jemand belauschen könnte: »Heute Besuch haben. Sie ist da. Warten dir.«

»Sie? Wen meinst du, Kacha?«

Kacha ist aufgeregt. »Wie, wen meine? Dima da. Wartet die Straße. Komm!« Ich hinterlasse eine Notiz für meine Mutter auf dem Tisch im Esszimmer. Dann folge ich Kacha. Nach ein paar Schritten sehe ich Dima an der Straßenecke stehen, zum ersten Mal in Uniform. Er trägt die roten Schulterklappen. Er hat ein Veilchen. Sein Gesicht wirkt müde und hager. Als er mich sieht, leuchten seine Augen auf. Er lächelt, und plötzlich kehren meine Sinne wieder zurück. Es ist jene magische Zeit kurz nach dem Sonnenuntergang, in der warmen Juliluft tanzen unsichtbare Funken. Wir fallen uns in die Arme. Die Nacht verbringen wir auf dem Boden in Kachas Wohnung, Kacha schläft auf der Couch im Nebenzimmer.

Am nächsten Morgen werden wir von Krach geweckt. Es scheint, als würde jemand mit den Füßen gegen die

Haustür treten. Mit strubbeligen Haaren, vom Schlaf zerknautschtem Gesicht, barfuß und in Unterhosen rennt Kacha die Treppe runter. Er sichert die Tür von innen mit einer Kette, öffnet sie dann einen Spaltbreit. Dima und ich stehen oben im Flur und lauschen.

»Hallo, wen wollt Sie?«, fragt Kacha.

»Ein Soldat aus unserem Bataillon ist verschwunden. Tschuikow, Dmitrij heißt er. Ist er hier?«, sagt eine Stimme.

»Keine Soldat kenne.«

»Kann sein, dass er in Zivil ist. Er ist schlank, hat schwarze Haare, braune Augen, kurzer Haarschnitt«, sagt eine andere Stimme.

Kacha überlegt, kratzt sich am Kopf. »Keine gesehen, keine Soldat kenne.«

»Das glaube ich nicht, Bursche! Sollen wir mal reinkommen?«, droht die erste Stimme.

»Lasse keine rein! Miliz anrufen!«, schreit Kacha.

Die Stimme lacht spöttisch. »Wir sind die Miliz, Junge! Und wir kommen wieder. Wenn du lügst, wirst du Probleme bekommen.«

Die beiden gehen. Dima und ich müssen auch weg, um Kacha nicht in Schwierigkeiten zu bringen. Wir machen uns auf den Weg zu mir.

Ich klopfe an die Tür. Dima wartet draußen vor dem Zaun. Großmutter öffnet, wir frühstücken zusammen. Dann schmiere ich noch ein paar Brote, packe sie ein, gehe in den Flur, als würde ich etwas suchen. Unbemerkt lasse ich Dima herein. Wir verstecken uns auf dem Dachboden. Als wir dort einige Stunden später von Großmutter erwischt werden, müssen wir uns einen neuen Zufluchtsort suchen.

Am Flussufer legen wir uns ins hohe Gras. Es ist sonnig und heiß. Zikaden singen. Ein modriger Geruch schwebt

in der Luft. Das Ufer ist mit wilden Blumen übersät, ihre leuchtenden Farben lassen die Luft beinahe vibrieren.
Ich pflücke einen Grashalm, kitzele Dima im Gesicht. Er kneift die Augen leicht zu, er schmunzelt, er lacht, er zieht mich an sich, er kitzelt mich ebenfalls. Dann presst er seine Lippen auf meine. In der glühenden Hitze der Mittagssonne werden wir eins mit dem Sommer.
Als wir zurückkehren wollen, warten zwei ranghöhere Soldaten auf Dima. Sie stehen vor unserem Haus, daneben parkt ein Militärauto. Dima steigt ein. Der Motor brummt und das Auto fährt weg. Eine Staubwolke wirbelt auf, dann wird es still.
Ich bleibe auf der Straße stehen. Ich stehe so lange da, bis ich müde werde. Erst dann gehe ich ins Haus.

DIE SUCHE

Am nächsten Abend rufe ich bei der Auskunft an und lasse mir die Telefonnummern aller Bataillone in der Umgebung geben. Ich rufe bei einem nach dem anderen an, bis ich Dima gefunden habe, aber ich darf ihn nicht sprechen. Am nächsten Tag probiere ich es wieder, dann am übernächsten Tag und so weiter.
Bald kennt man mich, aber ich darf Dima weder sprechen noch besuchen oder erfahren, wie es ihm geht.
Eine weitere Woche verstreicht, und als ich schon völlig verzweifelt bin, klingelt es an unserer Tür. Ein Soldat steht im Garten. Er trägt rote Schulterklappen.
»Wenn du Dima sehen willst, kann ich dir sagen, wo du ihn findest. Es ist nicht weit von hier. Du kannst zu Fuß hin«, sagt der Soldat.
»Ich wusste nicht, dass sein Bataillon in der Nähe ist.«
»Zentralkrankenhaus, Innere Abteilung, Station drei, die Zimmernummer kenne ich nicht.«
Ein kalter Schauer läuft meinen Rücken hinunter. »Was ist mit ihm?«, frage ich.
»Ich habe keine Zeit, ich habe das Bataillon auf eigene Gefahr verlassen. Ich muss mich beeilen.«
Er dreht sich um und geht in Richtung Bahnhof davon.

Das Zentralkrankenhaus ist eine halbe Stunde Fußmarsch von unserem Haus entfernt. Es fährt kein Bus dorthin. Das Gebäude befindet sich auf der anderen Seite der Eisenbahnlinie, am Waldrand. Danach kommt nur noch ein namenloses Forschungsinstitut, das mit einem zwei Meter hohen Zaun vor neugierigen Blicken geschützt wird. Ein Milizionär hält Wache. Er hat einen Stock, eine

Maschinenpistole, und wenn es regnet, sucht er Zuflucht in seinem Wachhaus.

Im Krankenhaus ist alles weiß gestrichen. Hier und da fällt der Putz von den Wänden, an der Decke prangen gelbe Wasserflecken, der alte Linoleumboden ist so abgetreten, dass man weder seine ursprüngliche Farbe noch das Muster erkennen kann.

Ich gehe die Treppe hoch und betrete die Station. Ich klopfe an. Eine Krankenschwester öffnet. Sie hat einen weißen Kittel an, auf dem Kopf trägt sie eine weiße Kappe. Ich folge ihr durch den langen Flur. Vor einem Zimmer hält sie an. Sie geht hinein und sagt:

»Tschuikow, Sie haben Besuch.«

Dann lässt sie mich eintreten, und es fühlt sich an, als würde ich in einen tiefen Abgrund fallen.

Ich schaue mich um. Es gibt acht Betten im Zimmer. Auf einem von ihnen sitzt Dima. Als er mich sieht, versucht er zu lächeln. Er will etwas sagen, aber es gelingt ihm nicht. Er hustet, er kann sich nur mühsam bewegen. Seine Rippen sind gebrochen, seine Nieren kaputtgetreten, die Lippen von Blutergüssen entstellt, sein linker Arm in Gips, sein Kopf kahlgeschoren.

Für einen Augenblick höre ich auf zu atmen. Die Wörter bleiben mir im Hals stecken. Ich strecke die Hand aus, ich streichle seinen geschorenen Kopf, ich küsse seine blutig geschlagenen Lippen.

Ich besuche ihn täglich, aber dann ist er plötzlich nicht mehr da. Keiner kann mir Auskunft geben. Ich weiß nicht, ob er entlassen wurde, ob er ins Bataillon zurückgekehrt ist. Ich weiß nicht einmal, ob er noch lebt.

Als ich gegen Abend wieder zu Hause bin, sagt Großmutter: »Ein Unbekannter war da. Er sagte, du sollst ihn anrufen, es sei dringend.«

»Aber wie sah er denn aus?«

»Was weiß ich, wie er aussah! Um die dreißig, groß, mager. Meinst du, hier ist ein Durchgangshof? Zum Teufel! Ich habe keinen Überblick mehr! Jeder Prolet kennt den Weg hierher!« Großmutter ist wütend. »Hier!«

Sie gibt mir einen Papierfetzen. Darauf stehen eine Telefonnummer und ein Name: Alexej.

Ich renne zur Telefonzelle, ich wähle die Nummer. Nach ewig langen Freizeichen meldet sich endlich jemand.

»Alexej?«, schreie ich in den Hörer.

»Nein, Marina, seine Frau.«

Erst da merke ich, dass eine Frauenstimme spricht.

»Alexej ist einkaufen gegangen. Er kommt bald wieder.«

»Ich heiße Nastja«, sagte ich. »Ich kenne Alexej nicht, aber er ist heute bei mir vorbeigekommen, als ich nicht zu Hause war. Er hat diese Nummer hinterlassen. Er sagte, es sei dringend. Aber ich habe keine Ahnung, worum es geht.«

»Du bist Nastja?«, fragt Marina aufgeregt. »Mein Mann war mit Dima zusammen im Krankenhaus. Dima ist hier. Du kannst gerne zu uns kommen.«

Zum Glück habe ich einen Stift dabei. Ich notiere die Adresse auf meiner Handfläche.

Alexej und Marina wohnen in einem Dorf, nicht weit vom Städtchen.

Ich gehe zum Bahnhof, ich setze mich in den Bus und eine Dreiviertelstunde später klingele ich an der Tür von Alexej.

LJOSCHA UND MARINA

Von nun an wohnt Dima bei dem Pärchen und fügt sich in die Familie ein. Er hilft den beiden im Haushalt, er macht Besorgungen, er spielt mit ihren Kindern. Alexej nennt ihn Brüderchen, Marina nennt ihn Dimka, ich nenne ihn Hasi.

Marina und Alexej, den alle Ljoscha nennen, sind einfache Leute. Ljoscha ist ein hagerer Mann um die dreißig mit einer markanten Nase und hellen Kraushaaren. Marina ist Mitte bis Ende zwanzig und sommersprossig. Sie hat ein plattes Gesicht, ihre braunen Haare sind kurzgeschnitten. Eine Frisur gibt es nicht. Marina ist Putzfrau, Ljoschas Beschäftigung ist mir nicht bekannt.

Sie leben mit zwei kleinen Kindern in einer winzigen Zweizimmerwohnung. Neben Bad und Küche gibt es noch ein Schlafzimmer und ein Gästezimmer, eigentlich genug Platz für alle. Die Küche wird auch als Wohnzimmer genutzt. In der Küche trifft man sich mit Freunden, in der Küche trinkt man zahllose Gläser Wodka und Schnaps, in der Küche wird geraucht, gelacht, gesungen und gegessen.

Die Küche ist sechs Quadratmeter groß.

Ljoscha und Marina sind sehr gesellig. Am Wochenende kommen immer ein paar Freunde und Verwandte vorbei. Es wird gesoffen und gequalmt, was das Zeug hält. Man feiert bis zum Morgengrauen. Und wenn die Gäste anschließend nicht imstande sind, den Weg nach Hause zu finden, übernachten sie bei Ljoscha und Marina. Die Wohnung verwandelt sich dann in ein riesiges Schlafzimmer. Man schläft auf der Couch, auf dem Reisebett, auf dem Boden in der Küche, im Flur, unter dem Waschbecken und in der Badewanne. Auch im Ehebett von Marina und Ljoscha findet dann und wann ein Saufkumpane Platz, und sogar das Kinderbett ist vor Fremdbesatzung nicht geschützt. Wenn es doch zu eng wird und man nachts auf die Toilette muss, um die Notdurft zu verrichten oder Alkoholreste auszukotzen, muss man eben aufpassen, dass man nicht aus Versehen auf einen Gast trampelt.

Am darauffolgenden Morgen ist die Laune für gewöhnlich im Keller. Nach einer Nacht auf dem harten Boden können sich die Gäste nur mühsam aufrichten. Grimmige Typen mit grauen Gesichtern versammeln sich in der Küche zum morgendlichen Anti-Kater-Saufen. Sie rauchen mit kräftigen Zügen, als wären es ihre letzten, sie blicken missmutig. Aber das gemeinschaftliche Nippen an einer Flasche Bier gibt ihnen ein starkes Gefühl von Zusammengehörigkeit, vereint Gegensätze und vertreibt die schlechte Laune schließlich. Und wenn sich im Haus der Gastgeber noch völlig unerwartet ein Stück Schwarzbrot und ein Glas Sauergurken findet, hellt sich die Stimmung endgültig auf, und ein neuer Grund zum Feiern ist gefunden.

Manchmal sucht Ljoscha das Abenteuer. Zumindest weiß ich nicht, wie man es sonst ausdrücken kann. Es ist auch möglich, dass er das, was auch immer er da genau tut, aus Geiz oder Geldnot macht. Für mich ist Ljoscha ein Nachrichtentechniker.

Das Schauspiel findet meistens abends statt. Ljoscha nimmt sich mehrere Schlüssel sowie den alten Telefonhörer, der mit bunten Kabeln und einer Wählscheibe ausgestattet ist. Wir gehen gemeinsam ins Treppenhaus. Er öffnet den Telefonkasten, der an die Wand montiert ist und alle Telefonanschlüsse des Hauses beherbergt. Dann

koppelt er den Telefonhörer an einen der Anschlüsse, und schon kann man kostenlos telefonieren!
In seiner Freizeit bringt Ljoscha Dima auch andere Dinge bei. Zum Beispiel, wie man richtig trinkt. Dima lernt schnell, er ist ein begabter Schüler. Ljoscha und Marina sind zufrieden.
Die Freude am Begießen kann ich nicht teilen. Ich fühle mich zunehmend wie eine Außenstehende und werde auch von Dima so wahrgenommen. Die Tage sind öde, grau und langweilig, sie stinken nach Tabak und selbstgebranntem Schnaps. Tagsüber streiten wir oft, tagsüber sind wir uns fremd.
Aber die Nächte gehören uns allein. Nachts fallen die Masken, die Kleider und der falsche Stolz. Wir schlafen auf dem Boden im Gästezimmer. Nachts sind wir frei von Zwängen und Fremdbestimmung, nachts dürfen wir so sein, wie wir sind. Nachts, wenn alle Klänge sterben, ergreift uns eine seltsame verzweifelte Zärtlichkeit. Wie eine Flutwelle reißt sie uns mit, und wir lieben uns wie Ertrinkende. Speichel, Sperma, Schweiß, Blut und Tränen vermischen sich.
Wir werden ein Teil voneinander, wir gehen ineinander über.

DIE LETZTE FLUCHT

Eines Tages klingelt das Telefon. Ljoscha nimmt ab. Das Gespräch ist merkwürdig: »Am Apparat ... Nein, kenne ich nicht. Wie kommen Sie denn darauf? ... Ah, im Krankenhaus? Ja, vor vierzehn Tagen ... Keine Ahnung. Ich habe ihn nicht mehr gesehen ... Ach so ... schlimm ... Tut mir leid, ich weiß es auch nicht.«

Ljoscha legt auf, zündet sich eine Zigarette an, nimmt einen langen Zug, atmet einen Schwaden bläulichen Rauch aus. Der lange Aschestrang fällt auf die Couch. Ljoscha schimpft, spuckt auf seine Finger, auf die glühenden Überreste, zieht noch mal kräftig an seiner Zigarette und sagt: »Dima, sie sind hinter dir her. Du wirst seit Tagen vermisst. Meinst du, sie haben im Bataillon nicht gemerkt, dass du aus dem Krankenhaus verschwunden bist? Sie sind dir dicht auf den Fersen, und alle Spuren führen hierher. Ich kann nichts mehr für dich tun, Brüderchen. Sonst bekomme ich Probleme, verstehst du?«

Die Zeit bei Ljoscha und Marina ist vorbei. Wir verstecken uns zuerst bei mir auf dem Dachboden, dann im Haus der Georgier und danach in der Datscha von Olga. Jeweils einen Tag und eine Nacht lang. Die Datscha ist in dem benachbarten Dorf. Es ist ein kleines Sommerhäuschen, eine in die Jahre gekommene Holzhütte. Olga und ihr Freund schlafen in dem einzigen Zimmer, Dima und ich auf dem Boden in der Küche.

Es ist der vorletzte Sommertag, der 30. August. Noch herrscht der Sommer über die Welt, aber der Wind weht schon die ersten trockenen Blätter durch die Gegend. Noch ist der Herbst nicht da, aber man erahnt ihn schon.

In den allmählich kühler werdenden Nächten, im spärlich versprenkelten Gold, das in den Baumkronen leuchtet, in den höher stehenden Sternen, im Glanz des Mondes und in dem Hauch von Melancholie, der einen plötzlich überkommt.

Das kleine Dorf ist von der Nacht umschlungen. Eine eigenartige Stille schwebt über die Wiesen, über den Wald, über die Häuser und die schmale Straße. Der Mond schaut verlegen ins Fenster, erfüllt das Zimmer mit seinem kühlen Licht, spiegelt sich in unseren Augen.

»Wenn ich mit dem Wehrdienst fertig bin und in die Ukraine zurückkehre, kommst du zu mir, ja?«

»Werden deine Eltern nichts dagegen haben?«

»Warum sollten sie etwas dagegen haben?«

»Hast du keine Freundin in deiner Heimatstadt?«

»Nicht dass ich wüsste.«

»Wirklich nicht? Du hast doch mal eine Katja erwähnt?«

»Sie ist meine Nachbarin.«

»Ist sie nicht auch deine Freundin?«

»Nein. Ich ficke sie bloß, mehr nicht.«

»Und wie unterscheide ich mich von ihr?«

»Ich liebe dich.«

Ich schlucke leer. »Mal sehen, Dima. Ich würde mir sehr wünschen, zu dir in die Ukraine zu kommen. Aber ich kann es nicht versprechen.«

Am darauffolgenden Tag fahren wir zurück ins Städtchen. Wir spazieren ziellos umher, gehen in den Park, setzen uns auf eine Bank und rauchen.

Eine Frau um die vierzig nimmt neben uns Platz. Sie ist etwas mollig, hat lange farblose Haare, ein Mona-Lisa-Lächeln und einen Blick, als wäre sie auf Drogen oder hellsichtig. Sie fragt nach einer Zigarette. Schon sind wir zu dritt, unterhalten uns und rauchen zusammen. Kurz darauf wird die Unterhaltung in der Wohnung der neuen

Bekannten fortgesetzt. Sie wohnt in einem Plattenbau, der nur einen Katzensprung vom Park entfernt ist.
Die Frau heißt Kristina. Sie ist nicht auf Drogen, sie ist einfach nicht von dieser Welt. Eine Frau namens Tais bestimmt über Kristinas Leben. Tais kommt entweder aus dem alten Ägypten oder von einem fremden Planeten. Das weiß Kristina nicht so genau. Dafür besucht Tais sie täglich. Für gewöhnlich steigt sie aus dem Fernsehgerät direkt in Kristinas Zimmer. Außer Kristina kann sie keiner sehen. Nicht einmal Kristinas Mutter. Deswegen hat die Mutter ihrer Tochter nicht geglaubt. Auch der Arzt glaubte Kristina nicht und wies sie kurzerhand in eine psychiatrische Klinik ein. Doch Tais hat Kristina trotz allem nicht vergessen und kommt nach wie vor regelmäßig vorbei. Manchmal bringt sie auch etwas für Leib und Seele mit: ein Buch, eine Schachtel Zigaretten, eine Flasche Wein. Die Erfahrungen haben Kristina schlauer gemacht. Ihrer Mutter erzählt die Tochter fortan nichts mehr.
Diese und die darauffolgende Nacht darf Dima bei Kristina allein verbringen. Dann wird er von seinen Militärkollegen gefunden.

Unser Kontakt ist abgebrochen. Ich rufe das Bataillon an, und man sagt mir, dass Dima nicht mehr dort sei. Das dürfe ich verstehen, wie ich wolle. Aber ich kann und will es nicht verstehen.

DIE DRITTE FARBE

Auf einmal bleiben meine Tage aus. Sie waren noch nie besonders pünktlich. Aber dieses Mal schöpfe ich Verdacht. Zwei Wochen vergehen. Dann sitze ich im Wartezimmer der Frauenpoliklinik. Stunden später werde ich aufgerufen.

Die Ärztin tastet meinen Bauch ab, runzelt die Stirn und schüttelt den Kopf. Sie sagt: »Ich finde keine Schwangerschaft.« Die Formulierung macht mich ratlos. Soll das heißen, dass ich nicht schwanger bin oder dass sie sich nicht sicher ist?

Ich gehe nach Hause, und zwei weitere Wochen vergehen. Dann geht es los. Mir ist übel beim Zähneputzen, mir ist übel am Esstisch und in der Küche, mir ist übel nach dem Aufstehen, vor dem Schlafengehen und im Bett. Ich habe Heißhunger auf Knoblauch mit Salz und saure Gurken.

Ich gehe wieder in die Frauenpoliklinik, diesmal zu einem Arzt. Der Gynäkologe ist dort der einzige Mann. Es fühlt sich sehr merkwürdig an, sich von einem Fremden da unten untersuchen zu lassen. Die meisten Frauen haben weniger Mut, verzichten lieber auf fachliche Kompetenz und lassen sich von einer Ärztin untersuchen. Aber Dr. Baranow ist der beste Gynäkologe in unserem Städtchen. Sein Untersuchungsstuhl ist aus schwarzem Kunstleder, rechts und links sind schalenförmige Beinhalterungen mit abgeplatzter weißer Lackierung.

Den Stuhl habe ich bereits mit neun Jahren kennengelernt. Damals war ich über den Zaun geklettert, der unseren Garten vom Nachbarhof trennte. Ich machte eine ungeschickte Bewegung und, wusch, saß auf einem

Zaunpfeil. Aufgespießt. Dann fand ich mich, breitbeinig, in dem weißen Zimmer auf dem Untersuchungsstuhl wieder. Es gab viel Jod, Nadelstiche und mehrere Nähte. Meine seelische Verwirrung entgeht dem einfühlsamen Arzt nicht. Mit einem Klaps auf den Po macht er deutlich, dass ich mich auf den Stuhl setzen soll. Zur Entspannung streichelt er mir über den Bauch. In einer weiß emaillierten Schale daneben liegen glänzende metallische Untersuchungsinstrumente. Der Arzt nimmt einen Spiegel und noch etwas anderes in die Hand. Er schaut vorsichtig hinein und sagt: »Du bist in der neunten Woche schwanger.«

So etwas habe ich mir schon gedacht. Aber die Nachricht trifft mich wie ein Hammerschlag. Ich träume von einem Baby, seit ich denken kann. Ich würde das Kind so gerne bekommen. Aber nicht hier, nicht jetzt, nicht so, nicht in diesem Städtchen, nicht in diesem Land.

Die Mutter sagt: »Reiß dich zusammen. Wenn du erwachsen genug bist, um Sex zu haben, dann stehst du das auch durch. Alle Frauen müssen es irgendwann erleben.«

Sie hat recht. Verhütungsmittel sind Mangelware, sowjetische Kondome sind kein Antibaby-, sondern ein Antisexmittel. Nur unfruchtbare Frauen treiben in unserem Land nicht ab. Abtreibung ist bei uns eine Art Reifeprüfung.

Am betreffenden Tag schlafe ich erst im Morgengrauen ein. Wenig später werde ich schon wieder aufgeweckt. Es ist ein trüber regnerischer Tag. Um halb sieben in der Früh verlasse ich das Haus, niemand begleitet mich.

Im Krankenzimmer stehen zehn Betten. Alle Betten sind belegt. Wir werden als Abtreiber bezeichnet. Es kommt eine Krankenschwester. Sie misst den Blutdruck und geht wieder aus dem Zimmer. Nun gilt es abzuwarten.

Das Zimmer erfüllt eine seltsame Stille. Eine weiße Stille. Die Kinder in unserem Inneren sind still. Die Zeit steht still. Auch ich bin still, obwohl mir zum Schreien zumute ist. Ich bin kurz davor auszubrechen. Ich werde dieses verdammte Zimmer verlassen, ich werde einen süßen kleinen Jungen mit dunklen Augen bekommen und die weiße Stille wie einen schlimmen Albtraum vergessen. Ich stehe auf.

Plötzlich öffnet sich die Tür. Eine Krankenschwester tritt ein. Die Zeit ist gekommen. Alle Frauen sollen vor dem OP-Saal am Ende des tunnelartigen Flurs Platz nehmen und warten. Die Reihenfolge können wir selbst festlegen. Die erste Frau geht rein. Die Tür wird geschlossen. Es dauert lange, sehr lange. Dann kommt sie heraus. Kreidebleich. Sie wirkt benommen, wie betrunken. Sie hat ein Nachtkleid und einen abgetragenen Morgenmantel an. Zwei von uns stützen sie und bringen sie zurück ins Krankenzimmer. Die Nächste geht rein. Die Stille wird unerträglich. Dann höre ich auf zu denken und zu fühlen. Ich verliere das Zeitgefühl. Dann bin ich an der Reihe.

Im OP-Saal gibt es drei Farben. Aber zunächst sehe ich nur Schwarz und Weiß: ein weißes Zimmer, eine weiße Abtreibungsärztin und zwei weiße Krankenschwestern, die die Instrumente für den Eingriff vorbereiten. In der Mitte des Raumes steht ein schwarzer Folterstuhl. Vor dem Stuhl gibt es zwei kleine Stufen. Langsam trete ich näher, um mich auf dem Stuhl niederzulassen. Unter dem Stuhl steht eine weiße Schüssel. Ich will mich schon auf der Sitzfläche niederlassen, da sehe ich plötzlich die dritte Farbe. Die Schüssel ist randvoll mit Blut. Es ist das Blut der Frauen, die vor mir hier waren. In dem Blut schwimmen eigenartige Klumpen. Mir wird schwindlig. Alles ist rot.

»Was stehst du hier noch rum?«, fragt die Abtreibungsärztin gereizt.
Ich klettere auf den Stuhl. Die Ärztin untersucht mich. Zu den Krankenschwestern sagt sie: »Die soll sechzehn sein? Die ist doch mindestens fünfundzwanzig!«
Ich weiß, dass sie lügt. Ich sehe meinem Alter entsprechend aus, sogar eher jünger. Ich schaue ihr ins Gesicht. Aber da ist nichts, nur farblose Augen, in denen sich die Leere spiegelt. Ihre Leere, meine Leere und die Leere, die bald an die Stelle des aufkeimenden Lebens in meiner Gebärmutter treten wird.
»Lauf weg!«, schreit alles in mir. Aber wie versteinert bleibe ich auf dem schwarzen Stuhl liegen. Das Letzte, was ich wahrnehme, ist die Nadel, die in meinen Unterarm sticht. Das Zimmer verschwindet.

Plötzlich höre ich jemanden schreien. Jemand schreit das Zimmer regelrecht zusammen. Aber es ist nichts zu sehen. Ich höre ein entsetzliches Brummen, es fühlt sich an, als würde man meine Eingeweide absaugen. Die Schreie werden noch lauter.
Dann eine andere Stimme: »Halt endlich die Klappe! Hörst du? Halt endlich die Klappe!« Jetzt verstehe ich. Ich bin diejenige, die schreit.
»Steh auf!«, befiehlt die Krankenschwester.
»Würden Sie mir aufs Zimmer helfen?«, stammele ich unsicher.
»Sag mal, bist du bescheuert oder tust du nur so?«, fragt sie empört. »Meinst du echt, ich nehme dich am Händchen und bringe dich aufs Zimmer?«
Wackelig auf den Beinen gehe ich aus dem OP-Saal. Draußen warten schon zwei Frauen. Sie halten mich unter den Armen fest und führen mich behutsam zurück in unser Zimmer.

Ich liege in einem weißen Bett. Die Reifeprüfung ist überstanden. Ich habe keinen Heißhunger mehr auf saure Gurken, mir ist nicht mehr übel. Ich fühle mich allein. Ich weine. Ich kann nicht aufhören zu weinen.

DIE STRICHMÄDCHEN

Das neue Schuljahr fängt an. Eine wichtige Neuigkeit wartet auf uns: Die Schuluniform wird abgeschafft. Ab jetzt dürfen wir uns kleiden, wie wir wollen. Das wäre nicht schlecht, wenn man mindestens zwei verschiedene Kleidungsstücke auf Lager hätte. Aber auch so bedeutet es etwas mehr Freiheit, und Freiheit schmeckt gut.

Am nächsten Tag trage ich in der Schule stolz meine abgenutzte, mit einem Kugelschreiber bekritzelte Jeans. Die Klassenlehrerin sieht mich genau an.

»So kannst du nicht am Unterricht teilnehmen, Nastja. Du musst nach Hause gehen und dich umziehen«, sagt sie.

»Wo ist das Problem, Galina Sergejewna? Wir dürfen uns doch neuerdings so kleiden, wie wir wollen.«

»So ist es«, sagt sie prompt. »Allerdings müssen sich Jungen und Mädchen vorschriftsgemäß voneinander unterscheiden! Also geh nach Hause und zieh dich um!«

Ich gehe nach Hause, kann mich jedoch nicht umziehen. Ich trage selten Röcke. Mein einziger Rock ist zerrissen. Einen anderen besitze ich nicht. Ich habe nur noch eine andere Hose. Das bringt nichts.

Am Abend rede ich mit meiner Mutter.

»Die Schuluniform ist abgeschafft worden«, erkläre ich. »Die Klassenlehrerin sagt, dass man als Mädchen ausschließlich Röcke tragen darf. Können wir mir einen kaufen?«

»Du kannst doch den blauen Rock von der Schuluniform anziehen.«

»Hast du keine bessere Idee?«

»Nein, habe ich nicht. Weder eine bessere Idee noch das Geld dafür.«

Am darauffolgenden Tag gehe ich wieder in meiner Lieblingsjeans zur Schule.
Kolja guckt mich an und lacht spöttisch. »Hey, Nastja! Das ist nicht schultauglich!«
Ich beachte ihn nicht. Ich bleibe. Dann kommt Galina Sergejewna in die Klasse. Sie spricht mich auf meine Kleidung an. Sie schimpft über meine Frechheit, über mein schlechtes Benehmen, über meine Unordentlichkeit.
Ich packe meine Sachen zusammen, stehe auf, gehe aus dem Klassenraum, knalle die Tür zu. Noch im Flur höre ich meine Klassenkameraden lachen.
Am Abend gehe ich zu Oksana. Wir unterhalten uns. Irgendwann wird unser Gespräch durch lautes Klopfen an der Fensterscheibe unterbrochen. Es ist Lena, die Schöne. Sie hat sich sehr verändert, ich erkenne sie kaum. Wenn es so weitergeht, dann passt ihr Aussehen bald zu ihrem Namen. Sie hat topmodische Klamotten an, sie raucht ausländische Zigaretten, sie riecht nach teurem Parfüm, sie benutzt sündhaft teure Kosmetik. Lena sagt zu Oksana, dass sie sich beeilen solle. Zu meinem Erstaunen gehorcht Oksana ihr auf Anhieb. Sie setzt sich an den Spiegel, sie schminkt sich, dann zieht sie eine hübsche Bluse, Stöckelschuhe und einen Minirock an.
Ich schaue die beiden an. Ich kann mir nicht einmal einen Rock leisten. Und Dima sehe ich vielleicht nie wieder. Ich bin wie benebelt. Tausend Gedanken schwirren durch meinen Kopf. Dann sage ich: »Oksana, nehmt mich doch mit!«
Oksana und Lena sehen sich verwundert an. Dann willigen sie ein. Aufgeregt gehe ich als Erste in den Garten hinaus. Ich gönne mir eine Rauchpause. Ich lehne mich an die Terrassentür und höre, wie Oksana sich mit ihrer Großmutter unterhält. Die Großmutter ist sehr enttäuscht von Oksana. Sie schimpft Oksana regelrecht aus.

Sie schimpft mit ihr, weil Oksana mich mit zur Arbeit nehmen will. Als ich wieder reinkomme, sagt Oksana grinsend: »Hast du gehört? Das Großmütterchen hat Schiss vor der Konkurrenz!«

Um Mitternacht kommen wir ans Ufer der Moskwa. Und da sind sie, die riesigen, meterlangen ausländischen Laster. Auf einer Bank sitzt eine Rockerclique.

»Die Nutten sind da!«, schreit einer von ihnen begeistert.

Ich will weglaufen, aber Lena beruhigt mich. »Keine Angst. Die Rocker würden uns nie anrühren. Hier bestimmen die Taxifahrer die Regeln.«

Wir gehen weiter. Wir nähern uns einem Auto. Im Laster sitzt ein alter Sack. Müde und gelangweilt döst er vor sich hin. Seine Glatze reflektiert das schwache Licht der Laternen. Dem Nummernschild zufolge kommt der Typ aus Frankreich. Wir sprechen kein Französisch, also schlägt Lena vor, es auf Englisch zu versuchen. Sie gibt mir das Kommando: »Übersetze: ›Brauchst du ein Mädchen?‹ Na, übersetze doch! Steh nicht so blöd rum!«

Aber ich kriege kein Wort raus. Nicht einmal den Mund bekomme ich auf. Ich frage mich, wieso ich hier bin, wie ich hierhergekommen bin, was ich hier tue.

Da verliert Lena die Geduld. »Leck mich doch am Arsch! So einfach kann man dreihundert Rubel verlieren!«

Wir gehen weg, und als wir uns genügend weit entfernt haben, sage ich schuldbewusst:

»Lasst uns doch zurückgehen, sollen wir?«

»Schon gut«, sagt Oksana. »Wir fahren ins Zentrum, zum Hotel. Da gibt es Kunden wie Sand am Meer.«

Wir nehmen ein Taxi und fahren zum Hotel. Wir setzen uns auf die Bordsteinkante, wir rauchen. Wir werden von zwei Burschen angeglotzt. Vermutlich gehören sie zur Taximafia. Dann kommen sie zu uns, sie nennen ihren Preis. Die Mädchen sind einverstanden. Ein Auto wartet daneben. Die Burschen gehen zum Auto, besprechen etwas mit dem Fahrer. Das kommt mir irgendwie komisch vor. Ich bekomme Angst.

»Ich will nicht mitfahren. Mit diesen Typen fahre ich nirgendwohin«, sage ich.

»Keine Bange, wir werden die Kunden selbst bedienen. Du musst nichts tun«, sagt Oksana. Da kommt Mischa, einer von den Burschen, zurück.

»Mädels, mein Freund holt nur Champagner und Obst, er ist gleich wieder da. Lasst uns hier unten auf ihn warten.«

Als Mischas Freund zurückkommt, steigen wir ein und fahren los. An einem Kiosk halten wir an. Eine andere Prostituierte steigt zu. Auch sie wurde von den beiden Burschen eingeladen. Sie ist älter als wir, etwa um die zwanzig. Mischa fängt ein Gespräch mit ihr an. Ich will die Gunst der Stunde nutzen und schlage den Mädchen vor, zu flüchten. Sie haben jetzt selber Angst, aber da ist auch die Angst vor der Flucht. Was passiert, wenn sie missglückt? Über die Folgen wollen wir gar nicht nachdenken. Wir entscheiden uns für ein offenes Gespräch mit Mischa. Aber er geht nicht darauf ein. Ein Taxi kommt. Wir sollen uns zu viert auf den Rücksitz setzen. Auch Mischas Freund ist jetzt da, er sagt: »Mädels, kann eine von euch mal kurz rauskommen?«

Ich steige aus, und Mischas Freund erklärt: »Weißt du, an sich müsst ihr gar nichts tun. Ein Wagen mit zwei Arabern wird kommen. Zwei von euch sollen einsteigen. Aber schon an der nächsten Ampel werden wir euch abfangen.«

»Und wozu sollen wir dann überhaupt mitfahren?«, frage ich verdutzt.

Mischas Freund grinst. »Na, ich denke doch, damit sowohl ihr als auch wir Geld bekommen.«

Ich setze mich wieder ins Auto und berichte. Die Mädels wirken nun deutlich entspannter.
»Fahr!«, befiehlt Mischa plötzlich.
Wir fahren los. Wir fahren! Wo fahren wir überhaupt hin? Warum sitze ich bloß hier? Ich will aufwachen! Sofort! Bitte! Das ist doch nur ein böser Traum!
Ein Schrei erschüttert die Straße. Ein Schrei wie ein Donner: »Haaaalt! Miliz!«
Gott sei Dank! Was für ein Glück! Obwohl, Glück? Wenn sie das der Schule melden? Was dann?
Zwei Milizionäre in Zivil steigen zu uns ins Auto. Die fremde Prostituierte wird in ein anderes Fahrzeug dirigiert. Einer der Milizionäre setzt sich neben mich. Er ist unter dreißig, groß, schlank und kräftig. Er hat schwarze Haare, einen intensiven Blick, eine markante Nase. Er ist anziehend und geheimnisvoll. Ohne nachzudenken, lege ich meinen Kopf an seine Schulter. Er lächelt.
»Bequem?«, fragt er mich mit einem breiten Grinsen. Ich nicke. »Wo fahren wir hin?«, erkundige ich mich.
»Kommt euch die Milizabteilung 108 bekannt vor?«, fragt er.

Dort angekommen, untersucht uns ein widerliches Weib. Nichts. Dafür birgt die Tasche der fremden Prostituierten Dollars und Drogen.

Als Nächstes werden unsere Arme inspiziert. Bei mir und Lena sieht es langweilig aus. Die Arme von Oksana sind weitaus spannender. Die Milizionärin weiß nicht, dass die Nadelspuren auf Oksanas Armen von der Blutabnahme für einen Schwangerschaftstest stammen. Oksana wird zur Expertise gebracht. Während Lena und ich unter Aufsicht auf der Bank warten, betritt der attraktive Milizionär den Raum. Er schaut mich mit seinen schönen Augen an, und plötzlich sind alle meine Sorgen wie weggeblasen.

Wir sollen unsere Adressen nennen, wir werden fotografiert, wir müssen Erklärungen schreiben. Solche Erklärungen zu schreiben kann sehr lustig sein. Ich schreibe meine Geschichte in Form einer Anekdote auf. Lena ist nicht nach Spaß zumute, und doch wird ihre Erklärung völlig unerwartet zur allerwitzigsten. Die Milizionäre krümmen sich vor Lachen. In dem Moment werden Mischa und sein Freund an uns vorbeigeführt. Die tüchtigen Ordnungshüter haben die beiden Zuhälter gewissenhaft zusammengeschlagen. Die beiden Männer gehen nicht, sie schleppen sich regelrecht durch den Flur. Ihre Gesichter sind voller Prellungen und Blutergüsse. Ich bin erleichtert.

Um drei Uhr in der Nacht werden wir entlassen und dürfen nach Hause fahren. Bevor wir aufbrechen, verziehen sich Lena und Oksana auf die Toilette, um eine zu rauchen. Ich warte draußen, als mich der schönste aller Milizionäre anspricht: »Wie kommt es, dass du mit ihnen befreundet bist? Ich kann das beim besten Willen nicht nachvollziehen. Wie konnte dir das passieren?«

DER RAUCH

Der Sommer ist vorbei. Die Blätter färben sich bunt. Überall auf der Straße wird das Laub zu Haufen zusammengefegt. Die frische, kühle Luft ist mit einer Prise süßlichem Rauch gewürzt. Das Laub wird verbrannt. Hier und da schweben graublaue Wölkchen. Dann steigt der Rauch höher, löst sich auf und verschwindet leise in den Baumkronen.

In dieser Nacht kann ich kaum schlafen. Mein Bauch tut höllisch weh. Vor Schmerz wälze ich mich stöhnend im Bett. Noch nie haben sich meine Tage so gewaltig angekündigt.

Es ist Sonntag. Heute darf ich später als üblich aufstehen. Immer noch etwas benommen erhebe ich mich, öffne das Fenster und lasse die Herbstluft herein. Die frische, kühle Luft ist mit einer Prise Rauch gewürzt. Der Rauch ist nicht süßlich. Es ist ein unbekannter, bitterer, ein anderer Geruch.

Ich mache das Fenster wieder zu. Ich wasche mir das Gesicht, ich versuche, dem seltsamen Geruch zu entkommen. Ich stelle den Wasserkocher auf den Herd und mache mir einen Tee. Ich setze mich an den Esstisch, schmiere mir ein Butterbrot. Die Großmutter gesellt sich dazu.

»In der Straße ist etwas passiert.«

»Was denn?«, frage ich. Ein kalter Schauer kriecht mir über den Rücken.

Großmutter schenkt sich eine Tasse dünnen schwarzen Tee ein. »In dem Garten, wo das Alkoholikerhaus steht, du weißt schon, welches ich meine ...« Sie schaut mich bedeutungsvoll an.

»In dem Garten hat heute Nacht eine Scheune gebrannt.«

»Aha. Na und? Sie können doch eine neue bauen«, sage ich gelangweilt.

»Können sie wohl. Aber man sagt, dass in der Scheune zwei Mädchen waren.«

»Was heißt *waren*? Du willst doch nicht sagen ...«

»Ja. Man sagt, sie seien verbrannt.«

Der Appetit vergeht mir schnell. Ich stehe auf, schiebe den alten Bauernstuhl zurück an den Tisch und gehe in mein Zimmer. Ich muss meine Gedanken ordnen. Ich lege mich aufs Bett und mache Musik an. Ich merke nicht, wie der Tag vergeht.

Am Montagmorgen klingelt es an der Tür. Es ist Dina, sie ist völlig aufgelöst.

Ohne mich zu begrüßen, platzt sie heraus: »Hast du gehört, was passiert ist?«

»Meinst du den Brand?«

»Ja, der Brand!« Dina redet nicht mehr, sie schreit. »Lena ist verschwunden. Man sagt, sie sei mit Rita und den Taubstummen in der Scheune gewesen! Man sagt, die Taubstummen hätten die beiden erstochen und dann angezündet und ...«

»Warte«, unterbreche ich sie, und mir wird plötzlich ganz kalt, »vielleicht hat sich jemand einen bösen Scherz erlaubt, vielleicht sind das nur perverse Gerüchte. Manche Leute haben sie nicht mehr alle, und wenn ihnen die Gesprächsthemen ausgehen, müssen sie neue ...«

»Nein!«, schreit Dina. »Ich habe ein ganz schlechtes Gefühl!«

Ihre Augen stehen weit offen. Normalerweise sind sie blau, aber jetzt sehe ich nur Schwarz.

Ich muss an unsere Abende in Sergejs Scheune denken. Und an die seltsame Clique von Taubstummen, die sich in der Scheune traf, wenn wir sie nicht nutzten. Eigentlich war nichts auffällig an den jungen Männern. Sie waren gepflegt, gutaussehend und kräftig. Doch man erzählte sich, dass die Männer schwul wären und Drogen nehmen würden. Immer öfter kamen auch Lena und Rita zu ihren Treffen. Wie sie sich verständigten und was sie verband, war unklar, aber es fragte auch keiner danach.

Ich sehe zu Dina, und auf einmal habe ich es auch, dieses schlechte Gefühl. Es macht sich in meiner Magengrube breit, und ich weiß, es wird nicht weggehen, wenn ich nichts dagegen unternehme.

»Komm«, sage ich entschlossen. »Wir gehen zu Lena nach Hause.

Lena wohnt mit ihrer Mutter in einem anderen Stadtteil in einem Plattenbau. Wir brauchen eine Viertelstunde zu Fuß bis zu ihrem Haus und noch drei Minuten bis zu ihrer Wohnung in der siebten Etage. Das Haus hat keinen Aufzug. Erste Etage. Zweite. Dritte. Vierte. Das Herz pocht. Fünfte. Sechste. Bitte, Lena, sei zu Hause! Bitte!

Siebte.

Wir schauen uns an und gehen, ohne uns abzusprechen, wieder eine halbe Etage tiefer. Wir stellen uns an die Fensterbank. Der Himmel ist mit weißen Wolken bedeckt. Irgendwo dahinter scheint die Sonne, ihr fahles Licht fällt nur spärlich durch die schlecht geputzten Fensterscheiben. Man erahnt den bevorstehenden abendlichen Regen.

»Ich gehe gleich hoch und klingele«, sagt Dina.

»Gut. Ich warte dann hier.«

Langsam steigt Dina die zehn Stufen nach oben. Sie klingelt, wartet.

Dann klingelt sie noch einmal, diesmal länger. Nichts. Sie klingelt ein letztes Mal, ganz lange. Niemand öffnet die Tür. Sie will schon wieder runtergehen, dann sieht sie etwas.

»Was ist das? Warte, hier ist ein Zettel.«

In der Tür steckt ein Stück kariertes Papier. Dina faltet das Papier auseinander. Es ist eine Nachricht von Lenas Mutter an ihren Sohn. Dina liest aufgeregt vor, die Worte fließen ineinander. Alles ist unwichtig, bis auf einen einzigen Satz. Wie ein scharfes Messer sticht er auf uns ein.

Ich habe den Sarg über die Dienststelle bestellt.

»Es gibt keine Lena mehr«, sagt Dina, und große Tränen laufen über ihre Wangen. Sie verschmieren die dick aufgetragene Wimperntusche, hinterlassen Spuren im Makeup und zerplatzen auf dem kalten Betonboden. »Ich will sie sehen! Ich will sie zum letzten Mal sehen und mich selber davon überzeugen, dass sie tot ist. Wir gehen zur Leichenhalle. Sofort.«

Ich nicke schweigend. Wir steigen die Treppe hinunter, wir gehen aus dem Haus. Dann bleibt Dina plötzlich stehen, sie guckt mich an. »Ich habe Angst«, sagt sie.

Bis zum örtlichen Zentralkrankenhaus ist es auch von hier eine gute halbe Stunde zu Fuß. Auch von hier fährt kein Bus dorthin.

An der Bahnschranke müssen wir warten.

»He, Dinka!«, ruft jemand munter.

Wir drehen uns um und sehen eine groß gewachsene, kräftige junge Frau. Ihr kantiges Gesicht ist grob, wie aus Stein gemeißelt. Sie hat dichtes langes Haar, knallrote Lippen und gefährliche Fingernägel. Dort, wo der Lack abgeblättert ist, kann man den Dreck unter ihren Nägeln sehen. Ich sehe die junge Frau nicht zum ersten Mal. Sie ist zwanzig und heißt Natascha.

»Und, wohin geht ihr?«, fragt Natascha. Dina erzählt ihr von Lena.

»Ich komme mit«, beschließt Natascha schnell. Die Schranke geht hoch.

Die Leichenhalle befindet sich auf dem Hinterhof des Krankenhauses. Die Fensterscheiben sind mit weißer Farbe überstrichen. Wir klopfen an die Tür. Ein älterer Mann kommt heraus. Wir nennen ihm den Grund für unser Kommen. Der Mann kratzt sich am Kopf. »Ich bin nur ein Wächter. Ihr müsst warten, bis jemand von den Mitarbeitern da ist. Sie haben gerade zu tun.«
Wir setzen uns ins Gras und warten. Natascha zieht ein großes schwarzes Heft aus ihrer Tasche.
»Was hast du da?«, fragen wir neugierig.
»Seht selbst«, grinst Natascha geheimnisvoll.
Ich öffne das Heft. Ich traue meinen Augen nicht. Es sind Zeichnungen, sehr realistisch ausgeführte Bleistiftzeichnungen. Das Heft ist fast voll. Auf dem gelblichen Papier wimmelt es nur so von Penissen und Vaginen in allen möglichen Ausführungen. Erigierte, schlappe. Haarige, rasierte, offene, geschlossene. Innen, außen, von hinten, von vorne, von oben, von unten.
Ich bin sprachlos. Dina kann sich das Lachen nicht verkneifen und bricht vor lauter Prusten regelrecht zusammen.
»Genug«, sagt Natascha und nimmt uns das Heft weg. Sie greift zum Bleistift und beginnt mit einem neuen Bild. Es ist eine weit offene, gierige Vagina. Die angeschwollenen Schamlippen sind auseinandergezogen. Ein Kranz aus dichtem, buschigem, krausem Haar schmückt das Meisterwerk.
Die Tür geht auf. Ein Mann, etwa fünfzig, tritt auf den Flur. Er hat einen weißen Kittel an und schaut sich suchend um. Wir eilen ihm entgegen, erzählen ihm von unserem Anliegen.

»Ihr könnt sie nicht sehen«, sagt der Mann.
»Was wollen Sie damit sagen?«, fragt Dina empört.
»Es gibt nichts zu sehen.«
»Ich muss sie aber sehen! Ich muss sie unbedingt noch einmal sehen«, fleht Dina ihn an. »Wie sonst kann ich wissen, dass sie es wirklich ist?«
»Du kannst sie nicht mehr sehen«, sagt er. »Ihr Körper ist verkohlt, ihr Gesicht ist nicht mehr da, nichts ist mehr da, nur der Po ist noch teilweise vorhanden.«

Einige Tage später wird Lena beerdigt. Ihr Bruder hat Albträume von der Identifizierung. Bei der Gedenkfeier in der Wohnung von Lenas Mutter ist ein großer Tisch gedeckt. Nach einem alten russischen Brauch sind an Lenas Stammplatz ein leerer Teller, Besteck und ein Wodkaglas gedeckt, darauf liegt ein Stück Schwarzbrot. Schweigend setzen wir uns. Die Gäste essen Salzgurken und Salate, trinken Wodka, erzählen Anekdoten und lachen. Ich kann weder essen noch trinken.
Ich schaue auf den leeren Platz und weine.
Die Zeit vergeht, aber keiner von uns wird je erfahren, was in dieser schrecklichen Nacht in der Scheune wirklich geschah. Den Gerüchten zufolge waren die Mädchen mit einer Wäscheleine zusammengebunden, ihre Münder mit Klebeband verschlossen. Dann wurde die Scheune mit Benzin übergossen und angezündet.
Die Taubstummen werden einzeln von der Miliz vernommen und wieder freigelassen.
Das Leben geht wie gewohnt weiter. Eine neue Scheune baut Sergej nicht.

DER FOTOGRAF

Am Ende des Schuljahres hat meine Mutter eine Idee. Sie braucht unbedingt ein paar schöne Porträtfotos von mir, um diese dann an die zahlreichen Verwandten und Freunde zu verschicken. Wer die Fotos machen soll, ist von vornherein klar. Meine Mutter kennt ihn seit langer Zeit, ich kenne ihn seit meinen Kinderjahren. Wie er heißt, weißt keiner mehr in dem Städtchen. Alle nennen ihn bloß den Fotografen.

Der Fotograf ist vermutlich um die vierzig oder etwas älter. Seinen Kopf ziert eine Glatze, die von den übrig gebliebenen, ehemals dichten schwarzen Haaren umgeben ist. Schwarze Stoppelhaare sprießen auch aus seiner Nase und aus seinen Ohren. Der Fotograf ist ein Einzelgänger, aber er wohnt nicht allein. Auch wenn es in dem einen Zimmer seiner Wohnung meistens ruhig ist, so tobt in dem anderen Zimmer das Leben. Das Leben piepst, zwitschert, zischt, kratzt, knabbert, plappert und singt von den frühen Morgenstunden bis zum Sonnenuntergang. Das Leben ist bunt und hat viele Gesichter. Mal sieht es aus wie ein Wellensittich, mal wie ein Papagei, mal wie ein Kanarienvogel. Der Boden ist von Samen, Körnern, Sand und Federn übersät. Wie viele Mitbewohner der Fotograf hat, kann keiner aufzählen. Er selber weiß es auch nicht genau. Die Nachkommen verkauft der Fotograf an den Wochenenden auf dem Tiermarkt in Moskau. So kann er sein bescheidenes Gehalt eines Vermessungsingenieurs ein wenig aufbessern.

Wegen des Zwitscherns und Kratzens fallen einem die anderen Mitbewohner, die in großen durchsichtigen Wasserbehältern leben, nicht sofort auf. Sie können zwar akustisch nicht mit der gefiederten Horde mithalten, aber sehen lassen können sie sich allemal. So viel glitzernde und glänzende Pracht auf einmal findet man selten. Der Fotograf kennt sie alle beim Namen, jeden einzelnen Fisch.

Nun stehe ich vor der Tür und klingele. Oder ich versuche es, denn da klingelt nichts. Ich drücke den Knopf gleich noch einmal und noch einmal. Kein Ton. Erst dann fällt mein Blick auf den Papierfetzen, der an die zerkratzte schwarze Tür genagelt ist: *Bitte anklopfen!*

Ich klopfe mit dem Fuß. In der Wohnung sind Schritte zu hören. Ein Schatten huscht auf der anderen Seite am Guckloch vorbei.

Dann geht die Tür langsam auf, wird nur einen Spaltbreit geöffnet.

Der Fotograf lächelt. Seine Zähne sind braun, sein Mund ist voller Zahnlücken. Wenn er lächelt, quillt die rosa Zunge durch die Zahnlücken hervor. Er trägt eine ausgeblichene Trainingshose, einen schmutzgrauen Pullover. Seine Füße stecken in abgetragenen Sandalen undefinierbarer Farbe. Er macht die Tür ein wenig weiter auf, und ich schlängele mich hinein. In dem kleinen Flur stellt mir der Fotograf Hausschuhe hin. Lila sind sie, mit Pompons an den Spitzen.

Ich zögere.

»Sie sind von meiner Mutter«, sagt der Fotograf. »Komisch, nicht wahr? Die Mutter ist nicht mehr da, aber die Hausschuhe sind geblieben!« Er lacht. Es ist ein seltsames Lachen, es hört sich an, als würde er sich räuspern oder würgen.

Ich gehe ins Zimmer. Die Hausschuhe lasse ich stehen.

Die Kamera, der Blitz, das Stativ, die Objektive. Alles ist vorbereitet. Der Fotograf ist in seinem Element. Er macht Fotos von mir. Viele Fotos. Viel mehr, als ich dachte.

Am Sonntag steht der Fotograf vor unserer Tür. Die fertigen Abzüge hat er mitgebracht. Ein ganzes Paket. Mutter und Großmutter sind begeistert, der Fotograf ebenfalls.
Er sagt: »Ich würde gerne noch mehr Aufnahmen von dir machen. Du bist ein gutes Model. Ich mache es kostenlos.«
Ich schmunzle. Mir ist vollkommen klar, was der Fotograf im Sinn hat. Das ist ja nicht zu übersehen. Dass er sich das ruhig abschminken kann, sage ich ihm jedoch nicht. Zuerst soll er mir das Fotografieren sowie das Züchten von Wellensittichen beibringen!

Wirklich gute Fotos entstehen nicht in einer kleinen Wohnung. Wirklich gute Fotos gelingen nur in der freien Natur. In den Feldern, am Flussufer und im Wald kommt einem die Inspiration besonders leicht. Da ist sich der Fotograf sicher. Bald darauf steht er wieder vor unserer Tür. Diesmal bringt der Fotograf zwei Fahrräder mit, sein eigenes und ein Damenrad für mich. Ich springe vor Freude. Ein Fahrrad konnte ich mir bisher noch nicht leisten, und jemanden, der mit mir gefahren wäre, hatte ich schon gar nicht. Jetzt habe ich auf einmal beides: ein Fahrrad und einen Mitfahrer! Außerdem kann der Fotograf gut Badminton spielen. Bei so vielen Gemeinsamkeiten ist das Aussehen nebensächlich.
An einem Tag stelle ich den Fotografen Olga und ihren Freundinnen vor. Sie unterhalten sich sogar mit ihm und kichern ununterbrochen. Aber als ich Olga das nächste Mal treffe, macht sie sich auf einmal große Sorgen um meine geistige Verfassung. Mehr noch, sie will wissen, ob ich mittlerweile völlig durchgeknallt wäre. »Was hast du da letztens für einen Behinderten mitgebracht?«, fragt sie empört. »Hat der das Downsyndrom?«

Tante Nina beobachtet uns von ihrem Hof aus, als wir den Garten mit den Fahrrädern verlassen. »Was für ein schönes Paar!«, schreit sie zur Großmutter hinüber, die im Garten Wäsche aufhängt. Die Entzückung ist der Nachbarin ins Gesicht geschrieben. Aber geschmeichelt fühle ich mich nicht. Am liebsten würde ich Tante Nina in aller Deutlichkeit sagen, was ohnehin feststeht: nämlich, dass sie altersbedingt an Sehschwäche oder gar an Schwachsinn leidet. Aber ich verkneife mir den Kommentar. Zugegeben, für eine Frau in ihrem Alter sieht der Fotograf wahrscheinlich gar nicht so übel aus. Wir setzen uns auf die Fahrräder und flitzen weg. Die Nachbarin und die Großmutter stehen am Zaun und folgen uns so lange mit ihren Blicken, bis wir hinter der nächsten Kurve verschwinden.

So läuft es schon seit Wochen. Mal steht der Fotograf vor unserer, mal stehe ich vor seiner Tür. Wir fahren in die freie Natur, und die Kamera kommt jedes Mal mit.
Sobald neue Filme abgeknipst sind, wird die Küche des Fotografen mit Vorhängen und Bettdecken in eine Dunkelkammer verwandelt. Dann sitzen wir dort stundenlang im Rotlicht und zaubern und experimentieren. Mit Salzen und Säuren, mit Kontrast, Helligkeit und Schärfentiefe, mit Vergrößerung, Ausschnitt und Montage. Und wenn wir so in der Dunkelkammer sitzen, läuft immer Musik. Der Fotograf besitzt einen Plattenspieler und unzählige Schallplatten. Es gibt Platten von *Boney M.* und *ABBA*, den *Beatles* und den *Rolling Stones*, von *Shocking Blue* und den *Mamas & Papas*.
Beim Fotografen muffelt es. Woher der Geruch kommt, kann ich nicht sagen, abgetragene Socken, unsaubere Kleidung, ungewaschene Haare oder die Papageien im Nebenzimmer.

SAUBERKEIT MUSS SEIN

Hat ein Freund fließendes Wasser im Haus, sollte man das ausnutzen. Insbesondere dann, wenn der Freund allein wohnt. Und deswegen stelle ich mich beim Fotografen nicht nur vor die Kamera, sondern gelegentlich auch unter die Dusche. In diesem Fall muss er nicht dabei sein, ich finde mich selber gut zurecht.

Möglich ist die Körperreinigung allerdings nur, wenn gerade nichts in der Badewanne schwimmt. Und das ist gar nicht so selten! Mal ist es Unterwäsche, die in einer Seifenlauge vor sich hingammelt, mal sind es dreckige Gummistiefel, mal soeben entwickelte Fotos, mal der besoffene Nachbar Iwan Wassilijewitsch, der die Badewanne des Fotografen aus Respekt vor seiner resoluten Ehefrau regelmäßig als persönlichen Rückzugsort nutzt. Zum Glück hat das alles vorübergehenden Charakter. Wenn die Wanne jedoch mit Salzgurken vollgestopft ist, ist die Lage ernst. Denn *das* dauert.

Das Badezimmer ist weiß gefliest, aber nur teilweise, da überall Kacheln fehlen. Die Wanne ist eher rostfarben als weiß, das Emaille längst abgeplatzt. Die raue Oberfläche kratzt angenehm an den Füßen und macht den Bimsstein überflüssig. Das Waschbecken ist ebenfalls verrostet. Darüber hängt ein Teil eines Spiegels. Auch die Toilette befindet sich im Badezimmer. Die Klobrille ist aus Holz, das mehrfach mit verschiedenen Farben überstrichen wurde.

Eines Tages seife ich mich gerade ein, als der Fotograf plötzlich an die Tür klopft. Er hat irgendetwas im Badezimmer liegen lassen. Irgendetwas, das er dringend braucht. Was es ist, hat er, als er eintritt, aber vergessen.

Altersbedingt. Zum ersten Mal wird mir klar, dass in seinem Bad etwas Entscheidendes fehlt. Nämlich ein Duschvorhang. Ich presse den Hintern gegen die Fliesen. Vorne decke ich mich mit den Händen zu.
Der Fotograf kichert. »Keine Angst, ich bin sofort weg.« Er macht die Tür zu. Doch es dauert keine fünf Minuten, da schwingt die Tür erneut auf, diesmal ohne warnendes Klopfen. Ich schaffe es nicht mehr rechtzeitig, mich zu verdecken. Der Fotograf schaut mich an.
»Darf ich dir den Rücken schrubben?«, fragt er.
»Geh lieber an die Luft. Du siehst nicht gut aus. Sonst fällst du noch um.«
»Geht schon. Aber gut, ich störe nicht weiter.«
Er geht hinaus. Ich steige aus der Wanne und ziehe mich an. In der Küche wartet er auf mich.
Im Hintergrund läuft Musik, irgendwie lauter als sonst. Es ist »Venus« von *Shocking Blue*.
Auf dem Regal stehen Kisten. Sie sind bis obenhin mit Fotos gefüllt.
»Neugierig?«, fragt der Fotograf und stellt eine der Kisten auf den Tisch.
Ich nehme mir eine Handvoll Fotos heraus. Da sind Aufnahmen aus dem Moskauer Zoo, Tierporträts, Pflanzenaufnahmen. Ich wühle weiter. Landschaften, Schmetterlinge, lachende Kinder, Straßenzüge, Gebäude, Bauarbeiter, 1.-Mai-Parade. Und dann: nackte Männer und Frauen.
»Wo hast du das denn her?«
Angewidert schmeiße ich die Fotos ins Zimmer.
Der Fotograf wird rot. »Habe ich abfotografiert. Aus Magazinen.«
Von solchen Bildchen habe ich schon gehört, aber bisher noch nie welche gesehen. Ekelig sehen sie aus, aber irgendwie spannend. Nicht dass sie mich aus erotischen Grün-

den interessieren, nur so, rein theoretisch. Eines der Fotos hebe ich auf.
»Hast du noch mehr davon?«
Das Gesicht des Fotografen nimmt erneut eine tiefrote Farbe an. Diesmal aus purer Freude. Unter dem Bett hat er eine Kiste, die ist randvoll mit solchen Fotos.
Der Fotograf schenkt uns Himbeerblättertee ein. Der Raum ist vom schummrigen Licht der schwächlichen Glühbirne erfüllt. Die Vorhänge sind zugezogen. So sitzen wir gemütlich in seiner kleinen Küche, trinken heißen Tee mit Honig und schauen uns die Fotos an. Kunst verbindet, das ist offensichtlich. Und die guten Geschichten sowieso. Deswegen nehme ich bei der nächsten Duschgelegenheit das Angebot des Fotografen an. Schließlich soll einem ein guter Freund auch den Rücken einseifen dürfen.

DIE DIREKTORIN

Von Tamara Gerassimowna, der Bibliotheksdirektorin, erzählt mir der Fotograf mit Abstand am häufigsten. Tamara Gerassimowna ist nämlich das Lieblingsthema seiner Exfreundin Tatjana, mit der er sich noch regelmäßig trifft. Dabei kann ich nicht sagen, was beeindruckender ist: die Direktorin an sich oder die Erzählkünste des Fotografen.

Das Büro der Bibliotheksdirektorin Tamara Gerassimowna befindet sich direkt gegenüber der Eingangstür. Die Wände dieses wichtigen Zimmers sind mit Gemälden, Fotos, Blumentöpfen, Kerzenhaltern und anderem Schmuck dekoriert. Auf der Fensterbank wachsen in Zinkkisten allerlei Gartenkräuter. Im Regal daneben befinden sich ein bauchiger Samowar, ein Teekocher und eine elektrische Herdplatte, Bücher, Ordner, Kekse, Papier und Schreibmaschinen.

Manchmal steht die Tür zu ihrem Büro offen, so dass man sehen kann, was die Leiterin gerade beschäftigt. Und das ist nicht unerheblich. Denn je nachdem, welches Buch die Direktorin gerade liest, ist sie entsprechend gelaunt. Und dabei ist es nicht unbedeutend, ob es sich um einen Liebesroman, einen Krimi oder Fachliteratur über Pflanzenpflege handelt. Auch die Haltung der Direktorin wird von ihrer Lektüre bestimmt. Je nachdem, ob sie beim Lesen sitzt, liegt oder gar nervös mit dem Buch in der Hand im Büro auf und ab geht. Kein Wunder, dass ihre Mitarbeiterinnen (und somit auch Tatjana) solch ein ungesundes Interesse am Büro der Direktorin zeigen und heimlich versuchen, Einblicke in den Alltag ihrer Chefin zu erhaschen.

Meistens ist die Tür jedoch verschlossen. Als Direktorin braucht Tamara Gerassimowna schließlich ihre Ruhe, um die verantwortungsvollen Aufgaben zu erledigen. Und das sind nicht wenige.

Der alltägliche Kleinkram, der darin besteht, die Korrespondenz zu beantworten, mit Filialen zu telefonieren, Buchbestellungen aufzugeben und die Bücher in Empfang zu nehmen, zählt nicht dazu. So etwas kann jeder, auch ohne entsprechende Ausbildung. Viel bedeutender ist, dass Tamara Gerassimownas Ehemann Wiktor von seiner ersten Frau misshandelt und mit schlechter Nahrung geschädigt wurde und nun die Folgen davon trägt. In Form einer Gastritis, die schleichend in ein Magengeschwür übergehen kann. So etwas sollte man unbedingt im Auge behalten, gesunde Ernährung ist ein Muss. Das hat der Arzt gesagt, und ärztlichen Rat hat man ernst zu nehmen.

Tamara Gerassimowna, seine zweite Frau, hält sich daran. Jeden Tag kocht sie Wiktor eine Suppe auf der Herdplatte im Büro. Die Zutaten müssen frisch sein und täglich auf dem Markt gekauft werden. Nicht dass Tamara Gerassimowna während der Arbeitszeit selbst einkaufen gehen würde. So etwas darf man sich als Direktorin nicht erlauben, dafür gibt es die Planungsabteilung. Und wenn Tamara Gerassimowna es im Alltagstrubel nicht vergisst, wird der Kaufbetrag sogar erstattet.

Ist das Mittagessen fertig, kommt der hungrige Ehemann in die Bibliothek. Dann wird die Bürotür für ungefähr eine Stunde verschlossen und mit dem Aushang *Konferenz: Bitte nicht stören!* versehen. Als Gastritispatient braucht man bei der Nahrungsaufnahme absolute Ruhe. Wenn der Gatte versorgt ist, kann Tamara Gerassimowna endlich selbst eine Mittagspause machen. Die kollegialen Beziehungen wollen nämlich auch gepflegt werden, und

dafür ist gemeinschaftliches Speisen genau richtig. Also schließt sich Tamara Gerassimowna umgehend den Mitarbeiterinnen der Planungsabteilung beim Mittagessen am großen Tisch an. Danach muss die Direktorin ein paar wichtige Telefonate führen. Meistens mit ihrem Sohn oder mit der Tochter. Und da kommt auch schon der Bibliotheksfahrer Jurij Stepanowitsch mit einer Lieferung zurück. Dabei handelt es sich nicht um irgendwelche Bücher, sondern um fünfundzwanzig Kilo Kartoffeln. Die hat Jurij Stepanowitsch für Tamara Gerassimowna sehr günstig bei einem Bauern eingekauft. Solch herausragende Leistungen müssen gelegentlich belohnt werden. Das weiß auch Tamara Gerassimowna, darüber muss sie nicht großartig nachdenken. Dass die Chefin ihm immer das Gleiche schenkt, stört Jurij Stepanowitsch wenig. Wodka schmeckt ihm zu jeder Jahreszeit.
Kaum ist der Fahrer weg, steht ein anderer wichtiger Besucher vor der Tür. Diesmal ist es Olga Michailowna, Tamara Gerassimownas Busenfreundin. Sofort wird eine Mitarbeiterin zur nächstgelegenen Bäckerei entsandt, bald kocht das Wasser und kurze Zeit später stehen schon der Samowar und süßes Gebäck auf dem Tisch. Dann genießen Tamara Gerassimowna und Olga Michailowna aromatischen schwarzen Tee mit Rosinenstrudel und unterhalten sich über Hunde, Kinder und Männer.
Der Arbeitstag ist anstrengend genug. Doch als Direktorin darf man sich noch nicht einmal eine kurze Verschnaufpause gönnen. Deswegen sieht es Tamara Gerassimowna gelassen, dass sie, sobald die Teekonferenz beendet ist, schon wieder Besuch empfangen muss. Zum Glück besitzt ihre Tochter Taktgefühl. Schnell liefert sie das Baby bei Tamara Gerassimowna ab und verschwindet umgehend wieder, um die Mutter nicht von der Arbeit abzuhalten. Oder aus einem ganz anderen Grund. Das wird

spätestens dann klar, als sich im Büro der Leiterin langsam ein verdächtiger Geruch breitmacht. Doch als Direktorin hat man für solche familiären Angelegenheiten kaum Zeit. Das müssten die Angestellten eigentlich genau wissen. Aus diesem Grund macht Tamara Gerassimowna die Tür möglichst weit auf, um den unangenehmen Geruch rauszulassen und die Mitarbeiter an ihre Pflichten zu erinnern. Weil sich aber keiner meldet, legt sie das Kind unauffällig mitten auf dem Boden der Planungsabteilung ab. Es ist nicht weiter schlimm, dass die Tochter mal wieder weder Windeln noch Höschen zum Wechseln dagelassen hat. Natalja Jurijewna und Olga Wladimirowna werden sich schon etwas einfallen lassen.

Dies alles erledigt, schaut Tamara Gerassimowna auf die Uhr, seufzt und stellt fest, dass der Arbeitstag schon zu Ende ist. Sie packt einen neuen Liebesroman in die Tasche, macht das Licht aus und schließt das Büro ab. Endlich geht es nach Hause. Dort wartet schon ihr Ehemann Wiktor auf sie.

Oder etwa doch nicht?

WIE TAMARA GERASSIMOWNA MIT DEN MÄNNERN ABSCHLOSS

Was passierte, nachdem Tamara Gerassimowna ihren ersten Ehemann, den Erbalkoholiker Wladimir Petrowitsch, endlich aus dem Fenster gestoßen hatte, erzählt mir der Fotograf mehr als einmal. Vielleicht gefällt ihm die Vorstellung, wie die Direktorin nahezu unmenschliche Anstrengung aufwenden musste, um den unliebsamen Gatten aus dem Fenster zu befördern. Danach, so betont der Fotograf, hätte Tamara Gerassimowna mit dem männlichen Geschlecht eigentlich abschließen können. Die Ausnahmen von dieser Regel waren ihr Sohn, der Bibliotheksfahrer Jurij Stepanowitsch, der Bibliotheksmaler Wassilij Wiktorowitsch und Olga Michailownas Exmann, Sergej Iwanowitsch. Zu Letzterem pflegte Tamara Gerassimowna zwar keinen direkten Kontakt, aber da Olga Michailowna sich täglich telefonisch über die Unverschämtheit ihres Exmannes beklagte, der seit Jahren kein intimes Interesse mehr an ihr zeigte, war Sergej Iwanowitsch auf unheimliche Weise doch ständig präsent.
Dabei nahm Sergej Iwanowitsch, verkörpert durch die Stimme seiner Exfrau, auf Privatsphäre keine Rücksicht und verfolgte Tamara Gerassimowna von Tagesanbruch bis in die Nacht. Ein gewisses Taktgefühl konnte man ihm jedoch nicht absprechen: Zumindest im Bett ließ er Tamara Gerassimowna in Ruhe. Vielleicht lag es auch nur daran, dass Tamara Gerassimowna irgendwann einfach den Telefonhörer auflegte.

Man sieht, Tamara Gerassimowna hatte stets wider Willen mit Männern zu tun. Und das ihrem Entschluss zum

Trotz, das andere Geschlecht vollkommen aus ihrem Leben zu verbannen.

Seit dem Tag, als Wladimir Petrowitsch dank eines kräftigen Schubses drei Etagen hinunterstürzte, sich dabei beide Beine brach und endlich aufhörte, Tamara Gerassimowna zur Last zu fallen, wurde ihre Nachtruhe jahrelang von niemandem mehr gestört. Zumindest von keinem Mann. Gut schmeckte sie, die neugewonnene Freiheit. Und man muss ehrlich sagen, dass Tamara Gerassimowna nichts vermisste. Das behauptet zumindest Tatjana, die Exfreundin des Fotografen, die aus ihrer Gabe, verborgene Wünsche und geheime Bedürfnisse ihres Gegenübers zu durchschauen, keinen Hehl macht. Und es sei ja auch kein Wunder, pflegt sie dann fortzufahren, weil Wladimir Petrowitsch selbst während der Arbeit nicht ganz nüchtern, zum Abend hin bereits ziemlich angetrunken und an den Wochenenden jeweils stockbesoffen gewesen sei.

Männlichkeit ist so eine Sache. Wenn zu viel Alkohol im Spiel ist, macht sie nicht mehr mit. Da kann man es so lange probieren, wie man will. Besser wird es kaum. Nur Gelenkschmerzen kriegt man davon, vor allem in der rechten Hand. Insbesondere dann, wenn die Ehefrau zu blöd ist, um dem leblosen Schwanz auf die Sprünge zu helfen, und stattdessen wie ein Klotz danebenliegt. Mit irgendeinem Scheißbuch in der Hand.

Die Lesesucht seiner Frau war Wladimir Petrowitsch schon immer befremdlich.

Doch erst nach ihrer Hochzeit wurde ihm das ganze Ausmaß der Katastrophe bewusst. Tamara Gerassimownas Zimmer war von oben bis unten mit Büchern vollgestopft, sie stapelten sich nicht nur in den Regalen, sondern auch auf dem Tisch und in Tamara Gerassimownas Bett. Selbst in der Küche und auf dem Klo konnte man sich nicht davor retten. Unter dem Tisch, unter dem Bett, auf dem Balkon, am Rand der Badewanne und sogar im Wäschekorb musste sie die Beweise ihrer Intelligenz verteilen.

Grundsätzlich hatte Wladimir Petrowitsch nichts dagegen. Gebildete Leute waren ja manchmal wichtig. Der Arzt Jewgenij Semjonowitsch zum Beispiel oder der Dorflehrer Iwan Michailowitsch, bei dem Wladimir Petrowitsch seinerzeit die Schulbank drückte. Aber eine Frau, die ständig liest, noch schlimmer, wenn es die eigene Ehefrau war, das konnte Wladimir nicht lange aushalten. Also ging er abends immer später nach Hause, wobei von gehen streng genommen nicht die Rede sein konnte, vielmehr torkelte, robbte oder stürzte er in die Wohnung hinein.

Seine Ehefrau wurde ihm immer unheimlicher. Vor allem ihr scharfer Vogelblick, dem selbst die dicken Brillengläser keinen Abbruch taten, sowie die merkwürdige Angewohnheit, leise Gedichte vor sich hin zu flüstern. Irgendwann war sich Wladimir Petrowitsch sicher: Seine Frau ist eine Hexe. Bei dem Gedanken kam er ins Schwitzen, sein Blutdruck spielte verrückt und eine unerhörte Wut machte sich überall in seinem Körper breit.

Die Wut nahm ihren Ursprung in Wladimir Petrowitschs Leistengegend. Dort, wo die Männlichkeit wie ein Stück welkes Fleisch nutzlos zwischen seinen Beinen baumelte. Wie eine giftige Schlange kroch die Wut zuerst in Wladimir Petrowitschs Bauch, stach dann in den linken Brustflügel, so dass der Wütende vor Schmerz mit den Zähnen knirschte, floss wie eine Welle ungehemmt weiter hoch zum Hals und überschwemmte das Gesicht von Wladimir Petrowitsch mit ungesunder Morgenröte. Da verselbständigte sich die Faust von Wladimir Petrowitsch und schoss mit solcher Wucht hervor, dass seine Ehefrau mitsamt ihrem Buch aus dem Bett flog, sich mit dem Kopf an der Regalecke stieß und ins Kinderzimmer flüchtete. Auch dort war sie allerdings nicht wirklich in Sicherheit. Und so vermisste Tamara Gerassimowna nach dieser Ehe gar nichts. Absolut gar nichts.

Jahrelang. Bis sich eines Tages ihre Nachtruhe verabschiedete.

WARUM TAMARA GERASSIMOWNA VON RETTICH TRÄUMT

Und an dieser Stelle der Erzählung beginnen die Augen des Fotografen stets, auf diese besondere, fast unheimliche Art zu leuchten. Wohl weil jetzt der Teil kommt, an dem er seiner Fantasie freien Lauf lassen kann. Jedoch ist nichts von dem, was jetzt folgt, im eigentlichen Sinne erfunden, sondern lediglich das Ergebnis von logischer Schlussfolgerung und Menschenkenntnis, wie der Fotograf nicht ohne Stolz in der Stimme zu betonen pflegt.

Seit Wochen konnte Tamara Gerassimowna nicht mehr ruhig schlafen. Oft lag sie bis zum Morgengrauen wach. Die dadurch frei gewordene Zeit nutzte sie zum Lesen.
Der Grund für die Schlaflosigkeit war Sergej Iwanowitsch, durch die Stimme von Olga Michailowna verkörpert, der jetzt immer häufiger mit ihr ins Bett kam. Und wenn sie doch ein paar Stunden schlafen konnte, hatte sie solch grauenhafte Albträume, dass sie regelrecht Angst davor bekam, wieder einzuschlafen.
So träumte sie zum Beispiel, dass Sergej Iwanowitsch und Olga Michailowna eines Abends zu Kaffee und Kuchen vorbeikamen. Man plauderte. Aber dann nahm das Gespräch eine seltsam wissenschaftliche Wendung. Sergej Iwanowitsch hielt einen langen Vortrag über die aphrodisierende Wirkung von Gemüse, das er gleichzeitig vor Tamara Gerassimownas Augen verspeiste. Dann wurde der Traum noch gruseliger, denn Olga Michailowna verschwand spurlos und Sergej Iwanowitsch packte Tamara Gerassimowna am Oberarm und zog sie zum Bett, um dort die Wirkung des Gemüses aus-

zuprobieren. In der linken Hand hielt Sergej Iwanowitsch dabei sicherheitshalber einen großen, knackigen Rettich.
Dann träumte sie vom Bibliotheksmaler Wassilij Wiktorowitsch, der ihr inmitten eines gemeinschaftlichen Mittagessens augenzwinkernd und von der Tischdecke geschützt unter den Rock griff. Peinlich berührt stand Tamara Gerassimowna auf und wollte den Raum verlassen, als sie bemerkte, dass die Mitarbeiter sie anstarrten. Da wurde ihr plötzlich bewusst, dass sie splitternackt war, also gar keinen Rock anhatte, und sie erwachte zitternd und schweißgebadet in ihrem Bett.
Noch hoffte Tamara Gerassimowna, dass sich ihr Zustand normalisieren würde, doch es kam noch schlimmer. Als sie nach einer lesereichen Nacht wieder einmal in schweren Schlaf sank, träumte sie, dass jemand an ihr Direktionsbüro klopfte. Es war der Bibliotheksfahrer Jurij Stepanowitsch, der beim Bauern dreißig Kilo aphrodisierende Süßkartoffeln günstig eingekauft hatte. Tamara Gerassimowna gab ihm den Hausschlüssel mit der Bitte, die Kartoffeln in ihre Wohnung zu bringen. Als Tamara Gerassimowna nach Dienstschluss nach Hause kam, fand sie in ihrer Wohnung keine Kartoffeln vor, dafür aber unbekannte Männer afrikanischer Herkunft und so gut wie gar nicht angezogen. Und wieder bekam Tamara Gerassimowna überhaupt nicht mit, wie sie blitzschnell splitternackt wurde. Die Männer umkreisten sie, und während drei von ihnen ununterbrochen trommelten, machten die übrigen zehn mit Tamara Gerassimowna alles, was ihnen einfiel. Eine große Angst überkam Tamara Gerassimowna. Aber lediglich davor, dass die Nachbarn sich über das laute Trommeln beschweren würden.
Darüber hinaus hatte sie keine Furcht, selbst dann nicht,

als die Männer sie hin- und herdrehten, überall anfassten, schmatzten und ihre schwarzen Rettiche schamlos in alle möglichen Körperöffnungen von Tamara Gerassimowna schoben. Da fühlte Tamara Gerassimowna eine merkwürdige und heftige Unruhe im Unterleib, die bis in ihren Kopf hochstieg und dort in Millionen Tropfen explodierte, die sodann als Schweißperlen auf ihrer Haut zutage traten.

Als Tamara Gerassimowna kurz darauf erwachte, verspürte sie ein großes Bedürfnis, die Toilette aufzusuchen. Und nachdem die Notdurft verrichtet war, schaute sie aus Gewohnheit in das Kinderzimmer, das kein Kinderzimmer mehr war. Ihre Tochter war inzwischen verheiratet und ausgezogen. Ihr Sohn, mit dem sie die Wohnung noch immer teilte, war zwanzig Jahre alt. Tamara Gerassimowna sah sein leeres Bett und musste tief Luft holen und langsam bis fünfzehn zählen, um die sich anbahnende Panik niederzukämpfen. Und es half. Tamara Gerassimowna erinnerte sich erleichtert daran, dass der Sohn eine Nachtschicht hatte. Der Wecker auf dem Nachttisch zeigte vier Uhr in der Früh an und erneut verspürte Tamara Gerassimowna ein großes Bedürfnis. Diesmal musste sie dringend ihren Sohn anrufen.

DAS GLÜCK IST OBDACHLOS

Alles, was danach passiert, erzählt der Fotograf gewöhnlich in der Gegenwart. Bestimmt, weil nun der Mann ins Spiel kommt, der das Aufgabenfeld der Planungsabteilung um einen wichtigen Punkt erweitert hat: den täglichen Einkauf von frischem Gemüse oder, im übertragenen Sinne, die Heilung von Gastritis.

Tamara Gerassimowna greift also zum Telefon und wählt die Nummer der Dienststelle ihres Sohnes. Im Hörer piept es mehrere Male. Dann meldet sich eine fremde Stimme, die Tamara Gerassimowna freundlich mitteilt, dass ihr Sohn an diesem Tag früher Feierabend gemacht habe und sich gerade auf dem Nachhauseweg befinde. Tamara Gerassimowna bedankt sich und will auflegen. Aber dann fällt ihr ein, dass sie weder die Stimme noch ihren Besitzer kennt. Und da meldet sich die Führungskraft in Tamara Gerassimowna zu Wort. Schließlich dürfen einer Direktorin keine Personaldispositionen entgehen. Deswegen wird das Gespräch nicht beendet. Der Mann solle sich Tamara Gerassimowna gefälligst vorstellen. Und das tut er.
Als der Sohn von Tamara Gerassimowna zwei Stunden später nach Hause kommt, findet er seine Mutter auf der Couch. In der einen Hand hält sie den Telefonhörer und mit der anderen knetet sie den dicken Hauskater Tischka. Kurze Zeit später folgt Tamara Gerassimowna ihrem Sohn an den Frühstückstisch. Dort sagt sie beiläufig: »Ich hab dich heute auf der Arbeit angerufen und eine *fremde* Stimme sagte mir, du seist schon weg. Wer genau war das?«

»Das muss unser Elektriker Wiktor gewesen sein, er geht eigentlich nie dran.«
»Aha.«
»Nur nachts, wenn alle weg sind.«
»Warum das, habt ihr etwa keinen Nachtwächter?«
Tamara Gerassimownas Sohn stopft sich ein großes Stück Butterbrot in den Mund, trinkt einen Schluck Tee und sagt: »Na, es reicht doch, wenn Wiktor die Heizungsbude Tag und Nacht überwacht. Da er dort wohnt, bietet es sich an. Seitdem seine Ehefrau ihn rausgeschmissen hat, ist er nämlich obdachlos.«
Die bevorstehende Scheidung hat Wiktor schon während ihres Telefonats erwähnt, aber die Obdachlosigkeit ist Tamara Gerassimowna neu. Es ist ja nicht so schlimm, aber an den Gedanken muss sie sich erst einmal gewöhnen. Sonst hat Wiktor viel erzählt, aber nicht über sich. Im Grunde ging es eher um Tamara Gerassimowna, um ihre nette Stimme und die starke Ausstrahlung, die Wiktor sogar durchs Telefonkabel spüre, um ihre Redegewandtheit, um ihre Belesenheit und ihren feinen Humor. Auch dass Tamara Gerassimowna bestimmt sehr feminin und zärtlich, liebenswert und unglaublich attraktiv sei, war Wiktor schnell klar. Da fragte sich Tamara Gerassimowna, die bis zu diesem Zeitpunkt nicht an übersinnliche Kräfte geglaubt hatte, wie er das alles nur anhand ihrer Stimme wissen konnte. Dieser Wiktor machte sie unglaublich neugierig. Und so machte sie kurzerhand ein Treffen mit ihm aus. Und nicht irgendwo, sondern bei Tamara Gerassimowna zu Hause. Aber obdachlos? Na ja, der Sohn könnte eigentlich langsam ausziehen. Es gibt ja noch die Datscha, so schlecht ist es dort auch nicht.
Bei ihrem Treffen stellt Wiktor dann fest, dass er sich in Tamara Gerassimowna nicht getäuscht hat: In echt ist sie sogar noch schöner und aufregender, als er sich je hätte

ausmalen können, ja, sie ist sogar richtig sexy. Als er das ausspricht, wird Tamara Gerassimowna ganz rot. Außerdem habe Tamara Gerassimowna noch viele andere Vorzüge, deren Existenz ihr selbst nicht bewusst sei. Kein Wunder also, dass es plötzlich so schnell geht mit den beiden. Schließlich will Tamara Gerassimowna von den eigenen unentdeckten Vorzügen erfahren.

Aber da stellt der Obdachlose eine kleine Bedingung auf: Vorher müssten sie ihre Bekanntschaft durch zweierlei Treuestempel besiegeln lassen – vom Standesamt und vom Einwohnermeldeamt.

Als es um die Anmeldung geht, erwacht Tamara Gerassimownas Vernunft. Sie muss Wiktor zu verstehen geben, worum es wirklich geht. Sie öffnet die Wohnungstür und macht eine eindeutige Kopfbewegung Richtung Ausgang, damit keine Zweifel mehr darüber bestehen, was er zu tun hat. Allerdings hat Tamara Gerassimowna außer Acht gelassen, dass Wiktor sie bereits besser kennt als sie sich selbst. Zum Beispiel weiß er, dass Tamara Gerassimowna einen geheimen Knopf hat, den es zu drücken gilt. Das tut er nun, indem er sie von hinten packt und sie mit einer dermaßen ungestümen Leidenschaft küsst, dass Tamara Gerassimowna vor lauter Überraschung ohnmächtig wird und zu Boden sinkt.

Dann geht die Tür wieder zu und alles andere sehr schnell.

TAMARA GERASSIMOWNA IST EINE SPÄTZÜNDERIN

So kommt es, dass die Obdachlosigkeit von Wiktor und damit auch das männerlose Dasein von Tamara Gerassimowna unverhofft und binnen weniger Tage beendet werden. Im Bett von Tamara Gerassimowna ist es etwas enger geworden, dafür aber nicht ungemütlicher. Der Sohn wurde wie geplant in die Datscha umquartiert, das Kinderzimmer ins Wohnzimmer umfunktioniert und der Bibliotheksfahrer Jurij Stepanowitsch wegen einer Lappalie gefeuert. Die freie Stelle wurde kurzerhand an Wiktor vergeben. Dass der neue Fahrer keinen Wodka für seine Dienste zu bekommen braucht, stellt darüber hinaus eine große Entlastung für die Bibliothekskasse dar.
Und Tamara Gerassimowna ist zum ersten Mal in ihrem Leben glücklich. So glücklich wie Frischvermählte in den Flitterwochen. Ihr neues Glück will sie nicht allein genießen. Deswegen teilt es die Direktorin großzügig mit den Mitarbeiterinnen der Planungsabteilung, von der die meisten entweder alleinstehend oder alleinerziehend sind.
Die Glücksverteilung findet während des gemeinschaftlichen Speisens statt. Gewöhnlich beim Mittagessen, aber auch mal im kleineren Kreis, bei einer Tasse Tee und Keksen, auf der Bibliothekstoilette, auf dem Nachhauseweg oder gar während der monatlichen Putzaktion mit der gesamten Belegschaft.
Mit ihren Glückserlebnissen geizt Tamara Gerassimowna nicht. Und weil die Kolleginnen alles über ihre Ehe wissen, sollen sie auch an deren Höhepunkten teilhaben. Deswegen gibt Tamara Gerassimowna nach Möglichkeit

jedes Detail ihres Intimlebens preis. Denn je offener man kommuniziert, desto näher rückt die Belegschaft zusammen und desto besser ist das Betriebsklima.

Das läuft ungefähr so ab: »Das erste Mal mit Wiktor werde ich nie vergessen!«, ruft Tamara Gerassimowna aus, als sich die Mitarbeiterinnen der Planungsabteilung gemütlich beim Tee versammelt haben. Die anwesenden Frauen erstarren.

Tamara Gerassimowna plappert fröhlich weiter: »Auf einmal bewegte er sich nicht mehr. Lag einfach da und bewegte sich nicht. Mensch, habe ich mich erschrocken!« An dieser Stelle macht sie eine kurze Pause und wartet auf entsprechende Reaktionen. Aber den Mitarbeiterinnen geht es offensichtlich nicht besser als Wiktor damals. Sie bewegen sich nicht. Mucksmäuschenstill ist es in der Planungsabteilung. Und es ist auch gut so, denn plötzlich bekommt die Geschichte eine ausgesprochen dramatische Wendung.

»Dann hat er geschrien. Und ich muss sagen, ich hätte mir bestimmt in die Hose gemacht, wenn ich eine angehabt hätte«, sagt Tamara Gerassimowna freimütig. »Geschüttelt habe ich ihn, gekniffen und geschrien: ›Was ist los mit dir, Liebling? Ist dir schlecht? Soll ich einen Notarzt rufen?‹ Aber er flüsterte nur: ›Nein, warte ... warte ... warte!‹« Hier macht Tamara Gerassimowna wieder eine Kunstpause. Da wacht eine Mitarbeiterin auf und fragt: »Und? Was dann?«

»Dann ist er gekommen!«, sagt Tamara Gerassimowna sehr zufrieden.

»Man lernt nie aus«, bemerkt eine andere Kollegin.

»Das ist auch wahr«, sagt Tamara Gerassimowna, »immerhin habe ich mit Wiktor zum ersten Mal begriffen, wie man als Frau zum Orgasmus kommt. Und das mit neunundfünfzig Jahren!« Sie lacht lauthals.

»Sie sind halt eine Spätzünderin, Tamara Gerassimowna«, nickt Mila Antonowna. »Ich hatte auch nie besonders viel Lust, aber in den Wechseljahren ist da etwas mächtig in Bewegung geraten.« Auch Mila Antonowna lacht jetzt lauthals. »Ich habe mich mit meinem Mann sogar in der Mittagspause zu Hause verabredet. Was für ein Glück, dass er älter ist und damals schon pensioniert war.«

»Das würde ich auch gerne machen!«, bemerkt Tamara Gerassimowna neidisch. »Geht ja aber nicht!« Wieder lacht sie laut auf und guckt auf die Uhr. »Am meisten steht Wiktor auf meinen Hintern. Er sagt immer: ›Oh Schatz, was hast du nur für einen fabelhaften Arsch!‹«

»Und was ist daran so besonders?«, fragt eine junge Kollegin interessiert.

»Woran? An der Aussage?«

»Nein, an dem Arsch!«

»Ach! Er ist so schneeweiß, rund und lecker ...«, sagt Tamara Gerassimowna verträumt, was dazu führt, dass sich eine Kollegin am Gebäck verschluckt.

»Lecker? Ist er ein Kannibale?«

»Nein, er küsst ihn nur allzu gern«, sagt Tamara Gerassimowna stolz. »Dann dreht er mich auf den Rücken und küsst ...« Jetzt flüstert sie laut: »... da vorne!«

Glücklicherweise wird das Gespräch in diesem Moment von einem klingelnden Telefon unterbrochen, und Tamara Gerassimowna springt wie von einer Tarantel gestochen auf, um den Hörer abzunehmen.

Zu Recht, denn Wiktor ist am Apparat.

SOFIA ZIEHT WEG

Ganz in der Nähe von Sergej, nur ein paar Häuser weiter, wohnte Großmutters Freundin Sofia. Nach und nach verließen ihre Verwandten die Sowjetunion. Zunächst kam eine Emigration für Sofia nicht in Frage. Schließlich ging es ihrer Familie in Russland nicht schlecht. Zumindest bis ihr Ehemann, Semion, aufgrund seiner illegalen unternehmerischen Aktivitäten festgenommen und in ein Straflager im Ural interniert wurde.

Während Semion den Himmel durch das Gitter betrachtete und Sofia ernsthaft über den Umzug nach Israel nachdachte, tuschelte die ganze Nachbarschaft über die Gründe von Semions plötzlichem Verschwinden. Nach langem Überlegen brach Sofia ihr Schweigen und vertraute sich den Nachbarn an. Sie erzählte, dass Semion sich aufgrund ihrer andauernden Ehekrise bei seinem Bruder in der Ukraine aufhielte. Damit gaben sich die Nachbarn zufrieden, denn das Thema bot viel Stoff zum Nach- und Weiterdenken. Nur Familie Scholz, die in der anderen Haushälfte wohnte, wusste, wie es wirklich um Semion bestellt war. Denn an dem Tag, als Semion von der Miliz verschleppt wurde, wurde auch ihre Wohnung gründlich durchsucht. Doch würden die Scholz niemals auch nur ein Wort über diesen Vorfall verlieren. Es waren keine Bande der Freundschaft, die Sofias Familie mit den Scholz verband, es war viel mehr. Denn man konnte nicht mit Sicherheit sagen, was als schlimmerer Makel galt: Juden zu sein, wie Sofias Familie, oder Deutsche, wie die Familie Scholz.

Als dann alles auf den Kopf gestellt wurde, aus Schattenwirtschaft freie Wirtschaft wurde, wuchsen neugegründete Unternehmen wie Unkraut nach dem Regen. Dennoch wurde Semion nicht freigelassen. Erst vier Jahre später kehrte er gebrochen, graugesichtig und abgemagert zurück. Die Familie reichte umgehend einen Immigrationsantrag beim israelischen Konsulat ein.

Jetzt, nach einem halben Jahr, ist es so weit. Alles wird verkauft, verschenkt oder entsorgt. Zum letzten Mal treffen wir uns bei Sofia zu Hause. Es ist eine Abschiedsparty, das Haus ist bereits verkauft und ungewöhnlich leer.
Am nächsten Tag, nachdem die Schlüsselübergabe erledigt ist, fahren Sofia und Semion nach Moskau. Wenige Stunden später startet die ganze Familie vom Flughafen Wnukowo ins neue Leben.

Das verwaiste Haus bleibt zurück.

DER GESCHÄFTSMANN

Eines Tages klopft ein unbekannter Mann an unsere Tür. Ich schätze ihn auf Anfang vierzig. Er ist mittelgroß und kräftig gebaut, vor allem im Bauchbereich. Sein sympathisches, leicht aufgedunsenes Gesicht verrät eine Neigung zum Alkohol. Die großen blauen Augen sind von schweren Lidern umrahmt.

»Guten Tag! Ich bin der, der das Haus Ihrer Nachbarin gekauft hat«, sagt er. »Übrigens, ich heiße Anatolij. Ich wollte nur mal Hallo sagen.«

»Kommen Sie doch bitte rein«, lädt ihn die Großmutter ein. »Wir könnten zusammen Tee trinken und uns unterhalten.«

Wir gehen gemeinsam ins Esszimmer. Großmutter füllt eine große Kanne mit kräftigem schwarzen Tee und stellt sie auf den Tisch. Dazu werden Brot und Zucker gereicht. Mehr haben wir nicht. Oder doch? Anatolij hat etwas mitgebracht. Er macht die Verpackung auf, und ich mache den Mund auf und sofort wieder zu. Eine Torte.

Der Teeplausch dauert zweieinhalb Stunden. Anatolij interessiert sich für alles. Vor allem interessiert ihn die familiäre und berufliche Situation jedes einzelnen Nachbarn. Das ist verständlich. Das Städtchen ist klein. Man muss sich mit den hiesigen Gepflogenheiten auskennen. Man muss wissen, mit wem man es zu tun hat. Dafür braucht man Hintergrundinformationen, und Anatolij nimmt es sehr ernst.

Dann erzählt er von seiner gescheiterten Ehe und von seinem Sohn, den er nur selten sehen darf. Über sein Geschäft erzählt er wenig.

Einige Tage später gehe ich an Sofias Haus vorbei. Ich bleibe am Zaun stehen, schaue durch die Fenster hinein. Ob sich schon etwas verändert hat im Haus?

Da klopft mir jemand sanft auf die Schulter. Ich drehe mich um. Es ist Anatolij. Er lächelt. Er trägt einen wattierten Ledermantel. Eine buschige Pelzmütze thront auf seinem Kopf wie ein riesiges Vogelnest.

»Du kannst gerne reinkommen«, sagt er. An der linken Hand glänzt sein Ehering.

Hierzulande tragen nur Geschiedene den Ehering an der linken Hand.

Die Küche sieht genauso aus wie zu Sofias Zeiten. Der dunkle Holztisch, das Buffet, die Stühle, alles ist da. Der Staub, die tote Fliege auf der Fensterbank, die Spinne in der Ecke. Sogar der Kühlschrank steht an seinem Platz. Allerdings ist es ein anderer Kühlschrank, funkelnagelneu, riesengroß und aus Italien.

Anatolij zieht seinen schweren Mantel aus. Er öffnet den Kühlschrank. Er stellt Orangensaft, Salami, Brot und Butter auf den Tisch. Brot haben wir auch. Butter gibt es nicht im freien Verkauf. Sie wird in einer festgelegten Menge, wie viele andere Lebensmittel, nur gegen Lebensmittelmarken ausgegeben. Wie Salami schmeckt, habe ich längst vergessen oder gar nie gewusst. Der Orangensaft ist ein regelrechtes Wunder. Und wenn er noch dazu *Orange Juice* heißt, sowieso.

Dann nimmt Anatolij eine Tablette gegen Kopfschmerzen, und ich muss wieder staunen. Das Medikament ist genauso ausländisch wie der Kühlschrank, der Orangensaft und die Salami. *Bayer ASPIRIN PLUS C* steht darauf. Die Tabletten sind ungewöhnlich groß. Anatolij wirft eine ins Wasser. Die Tablette zischt. Das Wasser blubbert, die Tablette löst sich schnell auf. Anatolij kippt den Inhalt des Glases in sich hinein, schluckt.

»Brauchst du einen Job? Ich suche eine Haushaltshilfe. Wäre das was für dich?« Es gibt nichts zu überlegen. Ich willige ein.
Anatolij gefällt das.

DIE HAUSHÄLTERIN

Als Haushälterin bekommt man bei Anatolij nicht viel. Tun muss man dafür aber auch nicht besonders viel. Man putzt, man fegt, man entstaubt, man sortiert abgelaufene Lebensmittel aus, man macht den Kühlschrank sauber. Die Spinnen lasse ich aber in Ruhe. Vor Spinnen habe ich großen Respekt.

Eines Tages räume ich den Kühlschrank aus. Langweilig wird es einem dabei nicht. Der Kühlschrank ist wie eine riesige Wundertüte. Im Gemüsefach liegen zwei Würste. Die eine schimmelt vor sich hin, die andere hat auch schon bessere Zeiten gesehen. Ich stecke die beiden Würste ein. Unsere Katzen werden sich freuen. Saure Milch, Schmand und Eier, deren Frist längst abgelaufen ist, nehme ich auch mit.

Zu Hause bekommen die hungrigen Fellnasen ein paar Scheiben von der Salami, die noch am besten aussieht. Der Rest landet in unserem Gefrierfach.

Am nächsten Tag erwarten wir Besuch. Wer meint, dass man in Russland bei einer Einladung zum Tee ausschließlich Tee serviert, der sollte sich vorher besser informieren. Denn schmackhaftes Essen gehört zum guten Ton, ungeachtet der Jahres-, Uhr- und Tageszeit. Deswegen muss jetzt aus nichts irgendetwas gezaubert werden. Dazu sind auch saure Milch, Schmand und alte Eier gut. Insbesondere dann, wenn man zusätzlich im Dunkeln des Schrankes eine alte Blechdose findet und darin eine Handvoll Mehl samt einer Maus. Dann kann es schon passieren, dass daraus kleine pummelige Pfannkuchen werden, die fast von selbst in die Münder der Besucher springen und es sich im wohlig warmen Bauchinneren gemütlich machen.

Gemütlich haben es die Gäste auch, sie sitzen auf dem Sofa und plaudern belanglos. Der neue Besitzer von Sofias Haus wird zum Gesprächsthema. Da präsentiert meine Mutter stolz das Katzenfutter, die alte Salami von Anatolij.
»Schaut mal, was manche Leute wegschmeißen! Dafür haben unsere Katzen eine Gourmetmahlzeit«, sagt sie lachend.
Eine Freundin findet das gar nicht witzig. Kalt schaut sie meine Mutter an, zieht ihr wortlos die Wurst aus der Hand.
»Das soll Katzenfutter sein?«, sagt sie. »Nun ja, reiche Leute sind eben eigenartig!« Die »reichen Leute«, das sind meine Mutter und ich.
Was für den einen Müll ist, kann der andere noch gut gebrauchen. Aus Katzenfutter kann auch Menschenfutter werden. Die Salami wird mit einem Gurkenmesser geschält, die schimmelige Haut abgetrennt. Dann wird die Wurst gekocht und anschließend gegessen. Es ist schon erstaunlich, wie gut so eine alte Wurst schmecken kann, wenn sie nur richtig zubereitet wird. Wir haben Glück, dass Anatolij das nicht weiß.

»Wenn du dort das nächste Mal den Kühlschrank ausräumst, darf das Katzenfutter nicht fehlen!«, sagt meine Mutter.

DER ANDERE BLICKWINKEL

Eines Tages fange ich später mit dem Putzen an als üblich. Dafür gibt es auch zwei triftige Gründe, einmal die Nachtschicht in der Brotfabrik und dann die Schule. Irgendwann muss jeder schlafen. Ganz ohne Schlaf hält es keiner aus. Auch ich nicht.

Ich bin noch mitten am Machen und Tun, am Abklopfen, am Entstauben und Polieren, als das Schloss der Haustür klackt.

Anatolij macht die Tür auf. Er betritt wortlos das Haus. Offensichtlich ist er leicht angetrunken. Er lächelt. Er schaut mich an.

Und ich schaue zurück.

Schönheit liegt bekanntlich im Auge des Betrachters. Vieles hängt vom Lichteinfall, vom Blickwinkel und nicht zuletzt auch von der Tageszeit ab. Wenn man für längere Zeit in ein altbekanntes Gesicht blickt, gibt es viel Neues zu entdecken. Zum Beispiel die Augen. Bei Anatolij haben sie eine sehr seltene Farbe. Sie sind türkisblau wie das Mittelmeer, tiefblau wie der Himmel im Hochsommer und grün wie Stachelbeeren oder Gras. Da kann man nicht einfach wegschauen, und bewegen tut man sich auch nicht mehr. Man wird von einer Welle mitgerissen, hineingezogen und verliert sich irgendwo in der Tiefe dieser Augen. Oder des Meeres.

Auch warm ist es. So warm, wie es am Mittelmeer eben sein soll. Die Lippen von Anatolij sind warm, weich und feucht. Überhaupt ist sein ganzer Körper warm und feucht, wenn nicht sogar glühend heiß. Selbst die drei Lagen der Kleidung, die Anatolij gerade anhat, können die Hitze nicht aufhalten. Kein Pullover, kein Hemd und

kein Unterhemd kann das. Solche Kleidung hilft gar nichts. Solche Kleidung sollte man schnellstmöglich loswerden, um nicht zu verbrennen. Da darf man nicht lange zögern. Das weiß auch Anatolij.
Ob man dabei steht oder liegt, das kann man selber nicht mehr genau erkennen. Alles vermischt sich. Alles verschmilzt miteinander und ineinander. Die Geräusche, die Gerüche, die Farben, die Menschen. Der Speichel und der Schweiß.

Durch die Fensterscheiben und die dünnen Vorhänge dringt ein neuer Morgen ins Zimmer. Und eines steht fest: Zu Hause sieht es anders aus. Ich muss ein wenig nachdenken. Dann erkenne ich das Zimmer. Und das Bett. Dieses Bett gehört Anatolij.
Ich bin allein, aber neben mir liegt noch ein Kissen. Unter diesem Kissen ertaste ich etwas Seltsames. Auf den ersten Blick sieht es aus wie eine Möhre. Ich nehme es in die Hand. Das Ding ist aus weichem Gummi und hat doch eine merkwürdige Form. Es ist auf den zweiten Blick ganz und gar nicht möhrenhaft. Es erinnert mich an etwas. Am breiteren Ende entdecke ich einen Knopf. Ich drücke darauf. Das komische Gerät beginnt laut zu summen. Wenn man so etwas noch nie gesehen hat, kann es einem ganz schön viel Angst einjagen.
Vor Schreck springe ich aus dem Bett. Das Unding fällt auf den Boden. Da summt es noch lauter, seine Spitze zappelt wie ein Epileptiker.
In dieser Sekunde zeichnen sich Anatolijs Umrisse im Zimmer ab. Stand er schon die ganze Zeit hier und hat mich beobachtet?
Diesmal lächelt er nicht. Er lacht. Er krümmt sich regelrecht vor Lachen. Ich lache nicht mit.
Den Job der Haushälterin hänge ich an den Nagel.

ROBERT ENTSCHEIDET SICH

Für Robert ist es nicht einfach, mit uns zusammenzuleben. Die Eskapaden eines rebellierenden Teenagers sind sogar dann schwer auszuhalten, wenn es das eigene Kind ist. Aber was, wenn es nicht das eigene Kind ist? Hier nämlich hört das Verständnis auf. Langsam wird es Robert zu viel. Aber das ist noch nicht alles. Noch schwieriger wird es, wenn eine aggressive ältere Dame ins Spiel kommt, die lange Herr im Hause war und meint, Robert Anweisungen geben zu müssen. Eine Zeitlang nimmt Robert es aus Respekt vor dem Alter einfach hin, ohne etwas dagegen zu sagen. Selbst als die Schwiegermutter, die er einfachheitshalber Oma nennt, ihn mit dem Besenstock verprügelt, lacht er zuerst. Als sich die Stockschläge allerdings wiederholen und deutlich kräftiger werden, ist der Spaß endgültig vorbei.

Da nämlich findet eine Wende in Roberts Wahrnehmung statt. Seitdem speist er am liebsten allein. Für das Zimmer, in dem früher meine Mutter, Großmutter und ich schliefen und welches zum ehelichen Schlafzimmer umfunktioniert wurde, hat er einen Schlüssel machen lassen. Denn jetzt hat er Oma in Verdacht. Wer weiß, auf welche Ideen sie noch kommen könnte. Großmutter ist sauer. Verständlich! Jetzt kann sie nicht mehr jeden Morgen in aller Frühe ins Schlafzimmer gehen und so tun, als würde sie ihre Unterwäsche im Kleiderschrank suchen. Das Verhältnis der beiden wird von Tag zu Tag kühler. Und als Robert plötzlich von einem heftigen Magen-Darm-Infekt geplagt wird, gefühlte Stunden im Plumpsklo verbringt, jedoch nicht zum Arzt gehen will, reißt ihm endgültig der Geduldsfaden. Er ist sich absolut sicher: Oma hat sein Essen vergiftet. Irgendwas hat sie ihm in den Salat getan oder in den Buchweizenbrei.

Nach zwei Wochen und mehreren verlorenen Kilos ist der Spuk endlich vorbei. Aber nur äußerlich. Denn jetzt hat Robert eine wichtige Entscheidung getroffen. Er muss sein Leben retten. Und am sichersten fühlt er sich in seinem eigenen Land, das vor kurzem wieder die Unabhängigkeit zurückerlangt hat. Er wird nach Riga zurückkehren, so schnell wie möglich. »Sonst wirst du nie nach Lettland ziehen!«, sagt er zu meiner Mutter. »Deswegen gehe ich als Erster.«
Eine Zeitlang fahren die beiden hin und her. Aber kurz vor der Schließung der Grenze muss man sich beeilen. Noch ein paar Wochen, und dann darf nur noch die Ehefrau mitkommen. Jedoch weder eine achtzehnjährige Tochter noch ihre Großmutter. Und in so einer Situation muss man sehr resolut vorgehen. So resolut, dass es einem Außenstehenden beinahe verrückt vorkommen kann. Jedenfalls kauft meine Mutter Tickets für den Zug Moskau–Riga. Besser gesagt, sie reserviert zwei ganze Abteile. Das eine für uns vier, das andere für die Sachen, die wir nach Riga mitnehmen.
Eine sehr merkwürdige Aktion, wenn man weiß, dass das Haus noch nicht verkauft ist.

ZWISCHEN DEN STÜHLEN

Robert ist in seine Heimatstadt zurückgekehrt und hat schon mal einen Teil der Bücher und des Geschirrs mitgenommen. Nun muss ich einige seiner Aufgaben übernehmen: Einkäufe erledigen und meine Mutter in der dunklen Jahreszeit von der Arbeit abholen. Die Glühbirnen in den Laternen sind oft kaputt. Daran ist der berühmte russische Nationalsport schuld: Laternen abschießen. Und so sind manche Straßen stockdunkel. Das könnte gewisse Folgen haben, insbesondere dann, wenn man eine Frau ist. Da sollte man möglichst nicht allein sein.

An solch einem dunklen Winterabend, als meine Mutter und ich nach Hause gehen, folgt uns ein grimmiger Mann mit einem riesigen Schnäuzer. Verärgert ist er und offensichtlich betrunken. Wobei man nicht genau sagen kann, ob er zuerst verärgert war und sich deswegen betrank oder seine Wut eher die Folge der Sauferei ist. Während er uns ganz offensichtlich folgt, plappert er irgendetwas Böses vor sich hin. Was genau er da erzählt, verstehe ich nicht. Aber die Schimpfwörter sind ganz deutlich herauszuhören. Eigentlich sollten wir schneller gehen. Aber einfach ist das nicht, denn unter dem frischen, knuspernden Schnee hat sich Glatteis gebildet.

Dem Schnäuzermann ist das Glatteis ganz egal. Schon können wir sein Schnaufen hinter unserem Rücken hören. Lauter und lauter. Das Schnaufen wird zum Knurren.

»Ich stech euch ab! (Schimpfwort)«, knurrt der Schnäuzermann und spuckt auf unsere Beine.

»Halt! (Schimpfwort).«

»Was haben wir Ihnen denn getan?«, fragt meine Mutter beherrscht.
»Was?! (Schimpfwort). Spinnste?! Ich (Schimpfwort) habs doch sofort (Schimpfwort) kapiert (Schimpfwort)! Ihr wart es (Schimpfwort), die meine Pelzmütze geklaut habt! (Schimpfwort, Schimpfwort, Schimpfwort).«
Meine Mutter und ich versuchen, höflich zu erklären, dass wir nicht einmal wissen, wie seine Mütze aussah. Der Schnäuzermann wird noch wütender.
»Na, (Schimpfwort) wer soll es denn (Schimpfwort) sonst gewesen sein (Schimpfwort)?«, brüllt er empört.
»Ich (Schimpfwort) schlitz euch jetzt auf! (Schimpfwortkanonade)«
Im schummrigen Laternenlicht blitzt ein scharfes Messer auf. Da erst sehe ich, dass der Schnäuzermann unser Nachbar ist. Er wohnt in dem Haus gegenüber dem Pumpbrunnen. Dieses hölzerne, graublau angestrichene Denkmal der russischen Schnitzkunst nennt man bei uns in der Straße das Schlampenhaus. Darin gibt es zwei Wohnungen, in der einen wohnen die Schlampen, Mutter und Tochter, und in der anderen die Familie des Schnäuzermanns. Sein Sohn ist erst elf Jahre alt, aber schon fleißig am Trinken. Eben ganz der Papa. Einmal lungerte der Junge stockbesoffen auf der Straße herum und wurde schließlich von der Miliz abgeholt, weil er versucht hatte, unser Haus abzufackeln.
Nun ist es also sein Vater, der uns umbringen will. Ich schreie so laut, wie ich kann, und drohe damit, meinen Stiefvater zu rufen, der ihn kaltmachen wird. Wir sind schon fast in unserer Straße angekommen und, welch ein Glück, es tauchen plötzlich Passanten auf. Der Mann schimpft weiter, dreht aber ab und geht nach Hause. Diesmal.

Ja, es wäre an der Zeit, Russland endlich zu verlassen. Nur das Haus muss man zuerst verkaufen. Und einfach ist das nicht. Das weiß meine Mutter ganz genau. Immerhin versucht sie es bereits seit Monaten – erfolglos. Sie liest regelmäßig Lokalzeitungen, notiert sich fleißig die Kontaktdaten der Makler, bleibt nach dem Feierabend heimlich in der Bibliothek und ruft die Agenturen an. Schließlich versucht sie, das Haus gegen eine Wohnung in Riga einzutauschen. Aber auch das gelingt nicht. Unterdessen wird sie von der Abteilungsleiterin abgemahnt. Verdächtig oft wird meine Mutter auf der Arbeitsstelle angerufen. Die Lage wird kritisch, die Mutter depressiv. Jetzt muss man Prioritäten setzen. Sie reicht die Kündigung ein, die Tamara Gerassimowna jedoch nicht genehmigt. Stattdessen bietet sie meiner Mutter an, in Teilzeit von zu Hause aus zu arbeiten. Die dadurch frei gewordene Zeit widmet Mutter voll und ganz ihrem Projekt: dem Hausverkauf.

Und endlich scheinen ihre Bemühungen Früchte zu tragen. Ein vielversprechender Makler taucht auf der Bildfläche auf. Er ist gebildet und attraktiv, ja sogar im Besitz eines Doktortitels. Jedoch nicht in der Immobilienwirtschaft, sondern in der Physik. Der Makler schickt regelmäßig Interessenten zu uns.

Mehrere fahren mit dem Auto vorbei, werfen einen Blick auf das Haus und rasen weiter, ohne auszusteigen. Und das ist wirklich kein Wunder. Die Umgebung ist zu dieser Jahreszeit besonders trist. Kahle schwarze Bäume und schmutziger bräunlicher Schnee. Laute Rufe der Krähen. Das Gebell der Streunerhunde, das Geheule der Kettenhunde. Durch die halbverfaulten Zäune sieht man die schiefen Häuser. Die Eisenbahnstrecke versteckt sich direkt gegenüber hinter den Betonplatten. Den Schall aber dämpft diese Absperrung jedoch kaum, die Vibrationen der Erde ohnehin nicht. Und man kann sich lebhaft vorstellen, wie die gebrechliche alte Holzhütte zittert, wenn ein Güterzug vorbeifährt. Das kann störend sein, vor allem nachts.

Kurz vor Anbruch des neuen Jahres kehrt Robert zurück in das Städtchen. Eine Arbeitsstelle in Riga zu finden ist fast genauso unmöglich, wie eine Holzhütte ohne Wasseranschluss zu verkaufen. Bisher hatte Robert in seiner Heimat nur sporadische Jobs. Bei ihren Besuchen in der lettischen Hauptstadt brachte meine Mutter Robert Grundnahrungsmittel mit. Meistens Perlgraupen, die im Städtchen für Lebensmittelmarken zu bekommen sind.
Jetzt ist Robert wieder hier. Teils weil er in Riga halb verhungert ist, teils weil er die menschliche Wärme vermisst hat. Außerdem ist das neue Jahr für ehemalige Sowjetbürger das wichtigste Fest des Jahres. Manche heiraten sogar nur, um das neue Jahr nicht einsam begrüßen zu müssen. Da ist selbst der aus Lettland stammende Robert keine Ausnahme. Das neue Jahr werden wir zusammen feiern.
Am Abend des 30. Dezembers steigt Robert auf den Dachboden. Kalt ist es zu dieser Zeit. Minus dreißig Grad. Da muss man den Heizkessel im Auge behalten, ihn sorgfältig in alte Klamotten einhüllen, damit er nicht einfriert. Und das hat Robert vor. Er geht mit ein paar alten Decken in der Hand los, zurück kommt er mit zwei großen antiken Kerzenständern aus Messing. Sie sind mit einer grünen Patina bedeckt. Als Mutter und Großmutter diese Kerzenständer sehen, fallen sie beinahe in Ohnmacht. Sie schauen sie sich genau an, sie berühren sie vorsichtig, als hätten sie Angst, dass sich die Kerzenständer gleich in Luft auflösen könnten.

Meine Mutter war zehn Jahre alt, als ihre Großmutter, meine Urgroßmutter Sonja, starb. Die Urgroßmutter war sehr gläubig. Sie hatte mehrere Gebetsbücher, feierte jüdische Feste und hielt sich an die Traditionen und Rituale. Jedes Mal wenn sie ihr Samstagsgebet hielt, zündete sie Kerzen an, die dann in diesen Kerzenständern brannten. Zehn Jahre später, als sie bereits nicht mehr lebte, wollte meine Mutter den spirituellen Nachlass ihrer Großmutter sehen. Damals kam es groß in Mode, sich für die alten Bücher und Traditionen zu interessieren. Da erfuhr sie, dass meine ungläubige, fünf Jahre vor der Revolution geborene Großmutter all die religiöse Literatur samt den dazugehörigen Kerzenhaltern nach dem Tod ihrer Mutter kurzerhand weggegeben hatte. An eine jüdische Nachbarin.

Da ging meine Mutter zu dem kleinen, ärmlichen Häuschen am Ende der Straße. Sie klopfte an. Es dauerte einige Minuten, bis die Tür sich öffnete. Da stand eine alte Frau, verwahrlost, klein und gebrechlich. Auf ihrem Kinn wuchsen Haare, ihren Kopf schüttelte sie ununterbrochen, ihre Unterlippe zitterte. Meine Mutter fragte sie nach den alten Büchern, die sie von meiner Großmutter vor Jahren bekommen hatte. Da erklärte die Alte in gebrochenem Russisch, sie habe jene Bücher weiterverschenkt. »Und was ist mit den Kerzenständern?«, fragte die Mutter hoffnungsvoll. »Ich würde sie Ihnen gerne abkaufen«.

»Die habe ich bereits verkauft«, sagte die Alte reumütig. »An meine Verwandten. Aber sie haben mich betrogen und nur dreißig Rubel bezahlt.« Damit meinte sie die alten russischen Rubel, die nach der Einführung der neuen Banknoten leider nichts mehr wert waren. Meine Mutter war über das Verschwinden der Kerzenständer sehr traurig. Es waren die einzigen Gegenstände, die die Erinnerung an ihre Großmutter trugen.

Diese Geschichte habe ich schon vielfach gehört. Die verschollenen Kerzenständer meiner Urgroßmutter wurden zum Familienmythos. Und nun sind sie wieder da! Es ist unmöglich, unglaublich, unvorstellbar! Vor allem, wenn man bedenkt, dass ich und meine Freunde jahrelang im Zuge unserer Schatzsuchen den ganzen Dachboden unter die Lupe genommen haben. Wie kommt es denn, dass die Kerzenständer nach fast vierzig Jahren urplötzlich wieder auftauchen? Materialisieren sich einfach aus der Luft? Und das so unmittelbar vor unserem letzten Neujahrsfest in diesem Haus. Heute, der 30. Dezember, ist zudem der Todestag meiner Urgroßmutter. Es bleiben keine Zweifel daran, dass sie damit unseren Umzug segnet.

Das neue Jahr beginnt mit einer Reise nach Riga. Eigentlich wollten wir die Bücher als Gepäck in unsere neue Heimatstadt schicken, aber die Zollbestimmungen haben unsere Pläne geändert. Nicht nur der Versand ist nicht billig, noch teurer sind die dafür vorgesehenen Bücherkisten. Da hat meine Mutter jene geniale Idee, ein ganzes Zugabteil zu reservieren, in dem ein Teil ihrer Bibliothek Platz findet. So transportieren wir die Bücher wesentlich günstiger nach Riga als mit der Post.
Die ganzen Reisen müssen natürlich auch finanziert werden. Aber wie? Robert ist ja arbeitslos, meine Mutter nur noch halbtags tätig und die winzige Rente der Großmutter nicht der Rede wert. Da versucht Mutter, unsere Antikmöbel zu verkaufen. Den erhabenen, drei Meter großen Spiegel aus dem 19. Jahrhundert, die hübschen dunkel gebeizten Tische mit gedrechselten Beinen und den Marmorplatten, das alte verstimmte deutsche Klavier mit Harmonium. Nach der Anzeige in der Lokalzeitung steht eines Tages ein sogenannter »neuer Russe« vor unserer Tür. Lustig ist der. Wedelt mit Banknoten vor

Großmutters Nase, klingelt mit den zahlreichen Münzen in den Hosentaschen, droht beinahe damit, uns das ganze Mobiliar, dann das ganze Haus abzukaufen, und verschwindet schließlich, ohne auch nur einen Rubel auszugeben.

Ein paar Wochen vergehen, dann meldet sich ein seriöser Interessent, offensichtlich ein Antiquitätenhändler. Für den Spottpreis, den ihm meine Mutter nennt, kauft er alles. Doch nicht nur das, auch auf Urgroßmutters Kerzenständer hat er ein Auge geworfen. Aber der Segen ist unverkäuflich, Mutter lehnt ab.

Das Wohnzimmer wird langsam leer. Die schönsten Möbelstücke sind weg, nur einen Käufer für unser Haus haben wir noch immer nicht. »Du zerstörst unser Familiennest!«, sagt Großmutter und wischt sich heimlich eine Träne ab.

Es ist schon Februar. Allerdings ist das Haus immer noch nicht verkauft. Bald wird Lettland vollkommen unabhängig, da muss man Gas geben. Noch ein paar Wochen, und die Tür ist zu. In so einer Situation muss man resolut vorgehen. So resolut, dass es einem Außenstehenden beinahe verrückt vorkommen kann. Jedenfalls kauft meine Mutter Tickets für den Zug Moskau–Riga für Ende März. Und das obwohl das Haus noch immer nicht verkauft ist.

Und sieh an: Wenn man sich etwas stark genug wünscht, muss es wohl in Erfüllung gehen. Bald meldet sich eine junge Maklerin mit einer stark ausgeprägten kommerziellen Ader und dem notwendigen Geschick, die tückischen Gesetze zu umgehen. Mit ihrem organisatorischen Talent und passendem Schmiergeld gelingt es der jungen Maklerin, den ganzen Papierkram in kürzester Zeit zu erledigen. Der Kaufbetrag wird in bar ausgehändigt. Sorgfältig in Zeitungspapier eingewickelt, versteckt meine Mutter diesen in dem Kaminofen. Dort verbleibt er bis zu unserer Abreise.

WIR FAHREN WEG

An dem Tag vor unserem Umzug kommen Freunde und einige Verwandte zu uns. Der große runde Tisch im Wohnzimmer ist reich gedeckt. Man könnte meinen, es sei eine gewöhnliche Familienfeier. Nur das Wohnzimmer ist so gut wie leer. Wie eine geschundene nackte Frau mit ausgerissenen Eingeweiden, denke ich. Trotzdem kann ich noch nicht ganz glauben, dass wir dieses Haus und dieses Land bald für immer verlassen werden. Ich versuche, es mir bewusst zu machen, und sage: »Morgen verlassen wir das Haus und den Garten, die Müllhalde und das Plumpsklo, unsere Straße, den Bahnhofsvorplatz, schließlich den Bahnhof und unser Städtchen ...« Ich fühle mich wie eine Verräterin! Die neuen Besitzer des Hauses, ein Ehepaar aus Moskau, gefallen mir nicht. Was, wenn auch das alte Haus sie nicht akzeptiert? Wie kann man etwas, was man so liebgewonnen hat, was in Fleisch und Blut übergegangen ist, fremden Menschen überlassen?

Vieles wird mir fehlen. Die Farben des Sommers, die alte Linde, die zarten Grashalme, die Butterblumen, die am Fundament wachsen. Der Duft des Flieders, die Aromen von reifen Äpfeln und Himbeeren, die Geheimverstecke, der Dachboden, wo die Stimmen aus der Vergangenheit klingen, das Brennnesseldickicht am morschen Zaun, das hallende Echo im dunklen Wasser des Gartenbrunnens, das Leuchten des Morgentaus, die tanzenden Sonnenstrahlen auf dem Wohnzimmerboden, die geschwungenen Muster auf der Fensterscheibe, die der Frost zeichnet, der Garten im Schnee, das bläuliche Licht des

Winters, der hohe schwarze Himmel, das kalte Licht der fernen Sterne.

Die Sterne! Dima trug sie auf seinen Schulterklappen ... Einem unerklärlichen Impuls folgend, stehe ich vom Tisch auf, schleiche mich aus dem Haus, ein kleines Stück zerknülltes Papier mit einer hingekritzelten Zifferkombination in der Hand, und renne ins Stadtzentrum, zum Fernsprechamt. Dort angekommen, drehe ich in einer Telefonkabine hektisch an der Wählscheibe. Nach einer gefühlten Ewigkeit höre ich endlich einen Verbindungston. Es klingelt vier Mal, dann ertönt die bekannte Stimme. So einfach ist es also. Warum habe ich mich bloß erst jetzt dazu entschieden, wo bereits ein Jahr vergangen ist? Als ich den Zettel mit der Nummer im Briefkasten fand, ahnte ich, von wem sie sein würde. Aber angerufen hatte ich nicht.

»Dima«, sage ich leise, und mein Atem stockt. Am anderen Ende der Leitung ist Stille. Dahinter ahnt man Entsetzen und Fassungslosigkeit.

»Nastja?«, sagt er ungläubig. »Wie ... wie geht es dir? Warum rufst du erst jetzt an?«

»Du hättest mir auch schreiben können ...«

»Ich wusste nicht, ob du das überhaupt willst, mich wiedersehen ...«

»Ich habe dich damals gesucht, Dima. Aber ohne Erfolg.«

»Für die letzten Monate Wehrdienst war ich in der Ukraine. Meine Mutter hat das erreicht ... war ganz schön teuer.«

»Woher sollte ich das denn wissen?«

»Aber Ljoscha wusste es! Ich rief ihn damals extra an und gab ihm meine Adresse und diese Telefonnummer durch. Ich bat ihn, dir Bescheid zu sagen, und er versicherte mir, dass er das tun würde.«

Nun wurde mir plötzlich klar, wer den Zettel in den Brief-

kasten geworfen haben musste. Ljoscha. Ohne weitere Erklärung. Aber Dima fuhr fort, bevor ich antworten konnte:
»Aber das ist jetzt egal, Nastja. Wichtiger ist, dass du mich angerufen hast. Komm hierher! Lass uns die Vergangenheit vergessen. Wir können immer noch von vorne anfangen!«
»Wie meinst du das?«
»Komm mit dem Zug nach Charkiw. Ich werde dich am Bahnhof abholen. Und wenn du kein Geld für das Ticket hast, schicke ich es dir.«
In diesem Moment piept es im Hörer. Es ist das Warnsignal. Das Guthaben ist zu Ende. Man muss wieder eine Münze einwerfen, aber ich habe keine mehr. »Dima!«, schreie ich in den Hörer. »Morgen ziehe ich nach Lettland! Ich rufe dich aus Riga an!«

Dann gehe ich nach Hause, und mir wird bewusst, dass es das allerletzte Mal ist, dass ich diesen Weg zurücklege. Morgen um diese Uhrzeit werde ich schon im Zug sitzen. Ab Morgen ist mein Zuhause woanders.

Ich bin wieder in unserer Straße. Mittlerweile ist es Abend. Die glühende Sonne verschwindet langsam hinter der Brotfabrik und taucht das weiße Gebäude in orangefarbenes Licht. Eigentlich ist es keine Brotfabrik mehr. Die Öfen und das Fließband wurden entfernt, das Gebäude von dem Pfarrer aufs Neue gesegnet und seit kurzem treffen sich schon die ersten Gläubigen auf dem ehemaligen Fabrikhof. Jetzt verstehe ich, warum mir immer traurig zumute wurde, als ich die Brotfabrik anschaute. Die Revolutionäre hatten die Kirche damals geschändet, die Kuppeln und Kreuze abgehackt.
Nun steht ein riesiges Baugerüst vor dem alten Gebäude,

es wird restauriert und erweitert. Im Inneren entstehen neue Wandmalereien, außen bringt man goldene Kuppeln an …
»Knips!«
Drückt da etwa jemand auf den Auslöser?
Ich drehe mich um, es ist der Fotograf! Er ist doch zur Abschiedsfeier gekommen. Und nun hat er mich mal wieder unbemerkt fotografiert.
»Du hattest einen Blick voller Sehnsucht!«, sagt er begeistert. »Das wird bestimmt ein tolles Porträt!«
»Ich hoffe, du schickst es mir zu.«
»Nein, du kommst irgendwann selber zu Besuch. Dann werde ich es dir persönlich überreichen«, grinst der Fotograf.

Als die Abschiedsfeier zu Ende ist, nehmen jene, die aus dem Städtchen kommen, noch ein paar Gegenstände mit: Stühle und Hausrat, Altkleider und Schuhe, eingelegter Kürbis nach lettischem Rezept, das Porträt meiner Mutter, das sie nicht mag, einige Zierobjekte aus der Glasvitrine. Eine Kollegin schnappt sich sogar den noch halbvollen Suppentopf.

Bevor wir aus der Tür gehen, küsse ich die dunklen Baumstämme der Hauswand.

Wir fahren weg.

Neue Literatur in der Frankfurter Verlagsanstalt (eine Auswahl)

Nora Bossong. GEGEND
Roman
„Gegend ist eines der überzeugendsten Erzähldebüts des soeben vergangenen Jahres." FRANKFURTER RUNDSCHAU

Nora Bossong. WEBERS PROTOKOLL
Roman
„Ein Roman voller literarischer Untiefen und menschlicher Abgründe, der nicht allein für kommende Bücher ihrer Generation eine unübersehbare Wegmarke setzt."
DEUTSCHLANDFUNK

Hans Christoph Buch. BOAT PEOPLE. LITERATUR ALS GEISTERSCHIFF Berner Poetikvorlesung
„Buch macht mit seiner assoziativen Entdeckungsreise längst versunkenes Kulturgut sichtbar. Wer hätte gedacht, dass sich in einem Buch über Geister- und Totenschiffe eine solch philosophische Erkenntnis versteckt." 3SAT KULTURZEIT

Ruth Cerha. BORA. EINE GESCHICHTE VOM WIND
Roman
„Bildstark, sinnlich und mit einem überaus musikalischen Grundton spürt Cerha den Sehnsüchten und Ängsten zweier Enddreißiger hinterher." STUTTGARTER ZEITUNG

Stuart Evers. ZEHN GESCHICHTEN ÜBERS RAUCHEN
Stories
„Was für ein fantastisches Debüt! Raymond Carver und Alice Munro klingen in diesen kurzen traurigen Geschichten über Zigaretten nach. Dieses exzellente Stück anglo-amerikanischer Literatur verdient es gelesen zu werden." NEW STATESMAN

Margaux Fragoso. TIGER, TIGER
Roman
„Es ist ein schockierendes Buch, das die Amerikanerin Margaux Fragoso über ihre jahrelangen Erfahrungen mit einem Pädophilen geschrieben hat. *Tiger, Tiger* verharmlost nichts, beschönigt nichts. Ein Triumph des Erzählens über das Schweigen. Ein Triumph der Literatur."
FRANKFURTER ALLGEMEINE SONNTAGSZEITUNG

Ernst-Wilhelm Händler. WENN WIR STERBEN
Roman
„Ernst-Wilhelm Händler vollzieht in seinem raffinierten Roman nichts Geringeres als die feindliche Übernahme der deutschen Gegenwartsliteratur (...) Wenn es noch Zweifel geben sollte, ob Ökonomie überhaupt literaturfähig sei, dann sind sie hiermit endgültig entkräftet."
FRANKFURTER ALLGEMEINE ZEITUNG

Nino Haratischwili. MEIN SANFTER ZWILLING
Roman
„Nino Haratischwili hat das Zeug zur neuen Heldin der zeitgenössischen deutschen Literatur. *Mein sanfter Zwilling* ist ein Text von beinahe klassischer Wucht: Erst liest er sich wie ein Krimi, dann wie ein Familiendrama, später wie eine romantische Liebesgeschichte – und schließlich wie ein Kriegsepos." LITERARISCHE WELT

Nino Haratischwili. DAS ACHTE LEBEN (FÜR BRILKA)
Roman
„Die Geschichte des europäischen Jahrhunderts als georgische Familiensaga erzählt. Wie hat sie das gemacht? Deutscher Roman des Jahres. Phänomenal."
FRANKFURTER ALLGEMEINE SONNTAGSZEITUNG

Christa Hein. DER GLASGARTEN
Roman
„Christa Hein ist eine Seelenmalerin, die sich auf das Legen literarischer Hochspannungsleitungen versteht. Gekonnt verschränkt sie Familiendrama, Liebesaffären und Krimi."
BRIGITTE WOMAN

Zoë Jenny. SPÄTESTENS MORGEN
Erzählungen
„Es scheint, als habe Zoë Jenny mit der Short Story die ideale Form für ihr Schreiben gefunden. Es sind makellose Geschichten dabei, perfekte Ausführungen des klassischen Hemingway'schen Modells: die Dramatik eines Lebens, konzentriert in einem kurzen Augenblick." LITERARISCHE WELT

Tanja Kinkel. GÖTTERDÄMMERUNG
Roman
„Der ‚weibliche Noah Gordon' hat einen brisanten Wissenschaftsthriller in bester Crichton-Tradition verfasst."
ABENDZEITUNG

Bodo Kirchhoff. INFANTA
Roman
„Es ist ein spannendes Buch, das den Leser so in die Gegenwart der Erzählung hineinzieht, dass er die eigene Zeit vergisst. Etwas Selteneres lässt sich von einem deutschen Roman kaum sagen."
FRANKFURTER ALLGEMEINE ZEITUNG

Bodo Kirchhoff. PARLANDO
Roman
„Ein fabelhafter Erzähler, ein großartiger Schriftsteller, eine grandiose Episode nach der anderen!" MARCEL REICH-RANICKI

Bodo Kirchhoff. DER SOMMER NACH DEM JAHRHUNDERTSOMMER Erzählungen
„Es ist ein Leseschatz, eine Fundgrube für Kirchhoff-Leser und Leser, die es werden wollen oder auf Empfehlung werden sollten." HESSISCHER RUNDFUNK

Bodo Kirchhoff. WO DAS MEER BEGINNT
Roman
„Das ist so scharf beobachtet, so witzig, dramaturgisch geschickt und spannungsreich erzählt, da erweist sich Kirchhoff auf der Höhe seiner Kunst."
FRANKFURTER ALLGEMEINE ZEITUNG

Bodo Kirchhoff. DIE LIEBE IN GROBEN ZÜGEN
Roman
„Ein fulminantes Buch über die Menschen von heute und über das, was sie umtreibt, verstört, weiterbringt, überleben lässt, über die Liebe also – in groben Zügen."
Denis Scheck, ARD Druckfrisch

Bodo Kirchhoff. VERLANGEN UND MELANCHOLIE
Roman
„Bodo Kirchhoff ist auf der Höhe seiner Kunst angelangt, ein souveräner Meister in der Beherrschung seiner Mittel. Das ist es, was man gemeinhin als Virtuosität bezeichnet."
Frankfurter Allgemeine Zeitung

Sabine Kray. DIAMANTEN EDDIE
Roman
„Eddie erscheint als Hochstaplerfigur vom Kaliber eines Felix Krull. Vor- und Rücksprünge in der Chronologie, lebendige, glaubwürdige Dialoge und das differenzierte Einbetten der großväterlichen Biographie in den zeitgeschichtlichen Rahmen samt detailreichen Schilderungen von Heimspielen der Borussia Mönchengladbach lassen *Diamanten Eddie* zu einem psychologisch facettenreichen Buch werden." Frankfurter Allgemeine Zeitung

Helmut Kuhn. GEHWEGSCHÄDEN
Roman
„Der Roman ist ein Zeitdokument, das einen tiefen Blick in die Seelenlage von Berlins kreativer Mitte wirft. Mit seinen starken Szenen und abrupten Wechseln erinnert *Gehwegschäden* an Döblins *Berlin Alexanderplatz*. Die Illusionen sind dahin, aber der Witz noch nicht, mit dem sich die Kreativen Tag für Tag durchs Leben schlagen." RBB Stilbruch

Ulla Lenze. DER KLEINE REST DES TODES
Roman
„Ein lebensgesättigter, gleichwohl lyrischer Roman, der in jene Räume vordringt, die zu betreten am schwersten sind. Dort nämlich kann man etwas entdecken, das ungeheuer fragil, instabil, unfassbar, transzendent ist: das eigene Ich."
Deutschlandfunk

Ulla Lenze. DIE ENDLOSE STADT
Roman
„Ulla Lenze hat in ihrem enorm gegenwärtigen Großstadtroman eine Sprache für die Verwirrung zwischen Nähe und Ferne, Kunst und Kapitalismus gefunden. *Die endlose Stadt* ist die Zeichnung einer globalisierten Epoche, in der die Differenzen in einer universalen Warenwelt eingeebnet sind, gleichzeitig aber die sozialen Unterschiede immer bedrängender werden."
KULTURSPIEGEL

Thomas Martini. DER CLOWN OHNE ORT
Roman
„Der Erzählstil Martinis ist schön, ambitioniert und virtuos. Es gibt eine Vielzahl einzelner, zum Teil kleinster Episoden oder Eindrücke, die für sich strahlen." HR INFO

Quim Monzó. 100 GESCHICHTEN
Erzählungen
„Quim Monzó ist anerkannt als eine der provozierendsten Stimmen der europäischen Gegenwartsliteratur. Seine Kurzgeschichten sind das Beste, was Europa im letzten Jahrzehnt hervorgebracht hat." WORLD LITERATURE TODAY

Guðmundur Óskarsson. BANKSTER
Roman
„Das ultimative Buch zur Finanzkrise in Island: Der Schriftsteller und Banker Guðmundur Óskarsson beschreibt in Bankster kenntnisreich und schonungslos das Leben eines Angestellten einer isländischen Bank." 3SAT KULTURZEIT

Sylvia Plath. DIE TAGEBÜCHER
„Ein großartiges Stück autobiographische Literatur. Kraftvoll und poetisch, klug und sprachlich ausgefeilt." BRIGITTE

Marion Poschmann. SCHWARZWEISSROMAN
Roman
„Hier gibt es keine abgegriffenen Worte, keine sattsam bekannten Figuren. So etwas hat man noch nicht gelesen."
BÜCHER

Marion Poschmann. HUNDENOVELLE
„Es ist die präzise Komposition, die neben der geschliffenen, glitzernd polierten Sprache dieser Prosa besticht." DIE ZEIT

Stefanie Sourlier. DAS WEISSE MEER
Erzählungen
„Ich kann nur vom Aufatmen sprechen, endlich wieder hat die junge deutsche Literaturgeneration ein Talent, dessen Prosa das Vielversprechende längst eingelöst hat und mich beim Lesen neugierig macht und in Atem hält." JOSEF WINKLER

Thomas von Steinaecker. WALLNER BEGINNT ZU FLIEGEN
Roman
„Ein Roman über die Zeit, über ihre Geschwindigkeit, ihre Langsamkeit und vor allem die Tatsache, dass dem Leben des Menschen die Rückspultaste fehlt – in einer Sprache, die hundert Jahre zu einem einzigen, schnellen, unvergesslichen Leseerlebnis macht." JULI ZEH

Corinna T. Sievers. DIE HALBWERTSZEIT DER LIEBE
Roman
„Ein kurzer, ein knallharter Roman, wie ich ihn aus der Feder einer Frau noch nicht gelesen habe."
DENIS SCHECK ÜBER MARIA ROSENBLATT

Jean-Philippe Toussaint. SICH LIEBEN
Roman
„Das Wesen der Liebe besteht darin, dass sie sich nicht beenden lässt. Dies scheint Toussaint mitteilen zu wollen, ganz und gar toussaintesk natürlich, beiläufig, unpathetisch, parenthetisch, versteckt im offenen, schwebenden Schluss seines bisher schönsten Romans." NEUE ZÜRCHER ZEITUNG

Jean-Philippe Toussaint. FLIEHEN
Roman
„Was will man Größeres, was will man mehr von der Literatur verlangen!" LE MONDE

Jean-Philippe Toussaint. DIE WAHRHEIT ÜBER MARIE
Roman
„Toussaint ist der beste, erfindungsreichste, beobachtungsschärfste französischsprachige Erzähler der Gegenwart; seine Bücher sind Tiefenbohrungen ins Heute."
FRANKFURTER ALLGEMEINE SONNTAGSZEITUNG

Jean-Philippe Toussaint. NACKT
Roman
„Selten wurde in der aktuellen Literatur böser, lustiger, lakonischer und klüger über eine große und ratlose Liebe geschrieben. Nächster Nobelpreis, der nach dem für Modiano in die französischsprachige Welt geht, bitte an Toussaint."
FRANKFURTER ALLGEMEINE SONNTAGSZEITUNG

Sandra Weihs. DAS GRENZENLOSE UND
Roman
„Sandra Weihs ist eine Erscheinung. Einer dieser Rilke'schen Engel. Das Schreckliche und das Schöne in totaler gegenseitiger Bedingung. Vor ihr kann man sich nur verneigen."
ANDREAS MAIER

Julia Wolf. ALLES IST JETZT
Roman
„Sätze wie offene Wunden. Wolf hat ein Buch geschrieben, das mitreißt, verstört und berührt." FRANKFURTER RUNDSCHAU